Renate Sültz & Uwe H. Sültz

STAR MARSHAL

POLICE IN THE UNIVERSE

BoD- Books on Demand

Norderstedt 2018

Bibliografische Information durch die Deutsche Nationalbibliothek

Die Deutsche Nationalbibliothek verzeichnet diese Publikation in der Deutschen Nationalbibliografie; detaillierte bibliografische Daten sind im Internet über http://dnb.dnb.de abrufbar.

© 2018 Renate Sültz & Uwe H. Sültz

Herstellung und Verlag:

BoD – Books on Demand, Norderstedt

ISBN 9-78375-2-85883-9

DAS UNIVERSUM – WIR LEBEN AUF EINER WUNDERBAREN ERDE. ES KÖNNTE EIN HERRLICHES MITEINANDER GEBEN. DIE ERDE BEFINDET SICH IN UNSEREM SONNENSYSTEM. DAS SONNENSYSTEM IST TEIL UNSERER GALAXIS, AUCH MILCHSTRAßE GENANNT. ES GIBT UNZÄHLIGE GALAXIEN. ALLES ZUSAMMEN IST UNSER UNIVERSUM. WIE VIELE UNIVERSEN KÖNNTE ES GEBEN? ODER DEHNT SICH UNSER UNIVERSUM NUR IN EINEM ENTSTEHENDEN RAUM AUS? GIBT ES WEITERE UNIVERSEN, SO KÖNNTEN WIR ES „DAS OMNIUM" NENNEN. WAS KOMMT DANN? FRAGEN ÜBER FRAGEN! AUF JEDEN FALL SORGEN DIE STAR MARSHALS FÜR RECHT UND ORDNUNG. DIES SIND DIE ABENTEUER DER STAR MARSHALS IM OMNIUM.

STAR
MARSHAL

Teil 1: ISBN 978-3-73922-617-0

VORWORT (TEIL 1)

DIE MARSHALS IM UNIVERSUM SORGEN FÜR GESETZ UND ORDNUNG. WIE SIE IHRE GEFÄHRLICHEN AUFGABEN ERFÜLLEN, WAS PASSIERT WENN SICH DAS POLIZEI-RAUMSCHIFF STAR MAR 8 EINEM SCHWARZEN LOCH ZU SEHR NÄHERT, WAS SIE IM WILDEN WESTEN ERLEBEN...

IN DIESEM SCIENCE-FICTION-WESTERN ERFAHREN SIE ES.

Unsere Galaxis ist aufgeräumter geworden, nicht etwa was die Sterne und Planeten angeht, es geht um die Kriminalität. Im 25. Jahrhundert schlossen sich 128 Planeten unserer Galaxis zusammen und gründeten das STAR MARSHAL OFFICE. Diese Polizei im Universum hat ihr Hauptquartier auf dem Mars. Der Mars ist Lebensraum für viele Menschen geworden, aber auch viele Außerirdische leben in Städten wie Lincoln oder Grosnau. Über den Präsidenten Abraham Lincoln wissen wir natürlich vieles, auch Jahrhunderte später. Krock Grosnau ist das Oberhaupt des Planeten Amesis. Gerade er war es, der für Gerechtigkeit und Ordnung in unserer Galaxis, der Milchstraße, plädierte und die restlichen 127 Planeten zusammenbrachte. Auf dem Mars entwickelten sich mittlerweile 80 Städte. Ein Hauptgrund den Mars zum Hauptquartier zu machen, war es, dass seine Anziehungskräfte geringer sind, als auf der Erde. Denn Ursprünglich wurde die Erde als Zentrale der POLICE IN THE UNIVERSE auserwählt. Außerdem kreisen ständig 8 Polizei-Raumschiffe um den Mars.

„Hauptquartier an Marshal Stan Thor. Bitte melden sie sich im Einsatzkommando auf dem Mars im Star Marshal Office Raum 34.", ertönte es aus dem L-Com. Stan Thor arbeitete gerade wieder an einem uralten Colt. Im Entspannungsraum kämpfte er immer gegen virtuelle Gegner. Das waren auch schon einmal Billy the Kid und andere Revolverhelden. Seine Gedanken waren oft bei seinem Großvater. Greg Thor erzählte seinem Enkel oft etwas über die Vergangenheit. Da war eben immer dieser Sheriff aus Omaha in Nebraska am Missouri. Opa nannte ihn immer nach seinem Enkel Stan. So entstand ein Sheriff im Wilden Westen in der Erinnerung von Stan Thor. Der Star Marshal legte den alten, aber frisch geölten Colt beiseite und meldete sich über L-Com.

„Thor, Stan Thor hier über L-Com. Was gibt es?" „Hier General
Jackson vom Mars Hauptquartier. Stan, komm' in die Klamotten,
dein Einsatz wird benötigt. Ich freue mich, dass du diesen Fall
übernimmst. Wir haben uns ja lange nicht gesehen. Wir wollen
uns nach deinem Einsatz treffen, geht das klar?", fragte der
General. Clint Jackson und Stans Vater waren Pioniere des STAR
MARSHAL OFFICE. In den Anfangszeiten kämpften sie Rücken an
Rücken für Recht und Ordnung. „Geht klar, General. Ich freue
mich von dir zu hören.", antwortete Stan. Der General weiter:
„Gut, ich übergebe jetzt an Botschafter Kongros vom Planet
Mendrok… … … Marshal, wir benötigen ihre Hilfe. Ich habe über
geheime Kanäle erfahren, dass eine unbekannte Macht die
Führung unseres Heimatplaneten bedroht. Es wird wohl wieder
um Erze gehen. Ich gebe den Einsatzbefehl KL-456-UG4." „Ich
habe verstanden, Botschafter. Meine Mannschaft stelle ich sofort
zusammen. Ich werde über L-Com Kontakt zu ihnen halten.", so
der Marshal. L-Com ist die Sprach- und Bildübertragung im 25.
Jahrhundert. Da die Raumschiffe mit weit über der
Lichtgeschwindigkeit fliegen, muss der Zeitunterschied zwischen
Raumschiffen und Raumstationen ausgeglichen werden. Die
genaue Bezeichnung lautet: Lichtgeschwindigkeits- Ausgleich-
Kommunikator, nach dem Erfinder Professor Elias Wardenga aus
Deutschland.

Marshal Stan Thor machte sich nun daran, die Mannschaft
aufzustellen, die für diesen Einsatz am geeignetsten zu sein
scheint. In seiner Bibliothek sind alle Frauen und Männer des
STAR MARSHAL OFFICE vertreten. Jetzt musste er nur noch die
Verfügbarkeit abrufen. „Hoffentlich ist Korogon vom Planet
Amesis abrufbereit. Er kennt seinen Heimatplanet am besten.",
murmelte Stan, auf dem Bildschirm schauend, so vor sich hin.

„Ach, ich werde ihn sofort kontaktieren." Stan nahm das Mikrofon und schaltete L-Com auf senden. „Stan Thor über L-Com an Marshal Korogon... bitte melden... Dringlichkeitsstufe 999ROT3." Jetzt konnte es einige Zeit dauern bis der Kontakt hergestellt wird. Der Lichtgeschwindigkeits-Ausgleich-Kommunikator musste schließlich viel berechnen. War Marshal Korogon nur „um die Ecke" oder viele Lichtjahre entfernt zu finden? Stan Thor schrieb in der Wartezeit seine Liste weiter zusammen. „Mmh... auf jeden Fall will ich Gains dabei haben, auf jeden Fall." Marshal Greg Gains war Stans Freund seit der Kindheit. Beide gingen den Weg der Polizei-Schule gemeinsam. Beide konnten sich jederzeit aufeinander verlassen. Beide retteten sich viele Male gegenseitig das Leben. Greg Gains ist seit 20 Jahren verheiratet, 2 Kinder, ein Haus in Florida. Es war eines der letzten Grundstücke in Florida, welches durch den Präsidenten vergeben wurde. Gains war maßgeblich daran beteiligt, dass der Präsident heute noch lebt. „Hi, hier Korogon. Alles Roger bei dir, Stan?", ertönte es aus dem L-Com. „Na, du wirst ja auch immer amerikanischer, Korogon. Ich freue mich, dass du dich meldest.", sagte Stan Thor. „Ist doch klar. Ich habe bereits auf deinen Anruf gewartet. Auf meinem Heimatplanet ist ja wohl die Hölle los.", so Korogon. „Stimmt, gib mir doch bitte Informationen. Um welche Erze handelt es sich?", fragte Stan Thor. „Krysilium, Stan, es handelt sich um Krysilium. Es ist leicht zu verarbeiten. Wird Krysilium langsam unter Druck gesetzt, dann gibt es kontinuierlich seine Energie frei. Schlägst du auf Krysilium, dann explodiert es mit einer unvorstellbaren Kraft.", erklärte Marshal Korogon. „Unglaublich, dieses Krysilium. Übrigens, wo bist du gerade?", so die Frage von Marshal Thor. „Ich stehe bei dir vor der Tür! Haste mal ein Bier?"

Jetzt gingen die Marshals die Liste durch. Sie entschieden sich für Marshal Gains, Marshal Stark vom Planet Demus, Marshal Ricardo von der Erde, sowie die Deputys Norgon und Fenston von der Einsatzzentrale Kredok 07. Dazu kommt natürlich noch die ständige Besatzung des Polizei-Raumschiffs STAR MAR 8.

Keine 12 Stunden später startete dann das Raumschiff. Bis zum Planet Mendrok waren es gute 3 Tage Flugzeit bei 6-facher Lichtgeschwindigkeit. „Marshal Stan Thor an das Mars Hauptquartier." „Hier Mars Hauptquartier, bitte sprechen sie, Marshal." „Wir sind auf dem Weg zum Einsatzort. Bitte übermitteln sie alle Informationen und Daten über L-Com. Wir melden uns und geben einen Statusbericht. Marshal Stan Thor… Ende."

Kurz vor ihrem Ziel ging die STAR MAR 8 auf Unterlichtgeschwindigkeit. Provokativ und siegessicher patrouillierten drei Raumschiffe versetzt um den Planet Mendrok. „Projektor einschalten!", befahl Marshal Thor. Der Ton wurde nun Ernst. Vorbei mit „haste mal ein Bier", jeder war sich der Aufgabe bewusst. Jeder wusste, dass Krysilium eine ungeheure Macht in den Händen von Terroristen ist. Jeder war aber auch bereit, sein eigenes Leben für viele Milliarden Lebewesen im Universum zu opfern. Denn es sind die Star Marshals, die im Weltraum für Recht und Ordnung sorgten. „Projektor ist eingeschaltet, Marshal.", verkündete der Navigator der STAR MAR 8. Der Projektor projizierte nun den Weltraum, der hinter dem Raumschiff zu sehen war, vor das Raumschiff. Dazu waren insgesamt 8 Projektoren nötig, die an allen Ecken des Schiffs eingebaut waren. Marshal Korogon rief: „Es sind Trüpiden-Schiffe!" „Erkläre das genauer.", antwortete Stan Thor. „Mit den Trüpiden hatte wir schon einmal zu tun. Über etliche Jahrhunderte und von Generation zu Generation reisten sie im Tiefschlaf in unsere Galaxis, um nach Beute zu suchen.", erklärte Korogon.

„Ich orte zwei verschiedene Arten von Lebensformen im Amtssitz auf dem Planet Mendrok.", analysierte der erste Offizier der STAR MAR 8. „Und ich erkenne auf dem Bildschirm ein weiteres Schiff der Trüpiden.", sagte der Navigator aufmerksam. „Typisch.", erkannte Marshal Korogon. „Sie halten unsere Politiker gefangen und erzwingen Beute. Dann folgt der Raumfrachter zur Verladung." „Vorschläge!", rief Stan Thor in die Runde. „Wir vernichten die drei Raumschiffe und den Frachter!", brachte sich Deputy Norgon ins richtige Licht. „Es ist noch ein weiter Weg zum Marshal für dich.", antwortete Marshal Stark. „Sorry.", so der Deputy kleinlaut. „Krogon, kommen wir unbemerkt in euren Amtssitz?", fragte Stan Thor. „Ja, wir Marshals vom Planet Mendrok haben die Codes für die fünf unterirdischen Fluchtgeheimgänge."

„Gut, dann arbeiten wir jetzt einen Plan aus. Wieviel Zeit haben wir bis zum Eintreffen des Frachters?", so Marshal Thor. „Etwa zwei Stunden.", schätzte der Navigator. Nach 43 Minuten stand der Plan. Die Körpertransporter sollten die Marshals und Deputys in die unterirdischen Geheimgänge befördern. „Hoffentlich stimmen alle Koordinaten, mein lieber Freund Korogon. Sonst war es das mit dem Bier, dann werden wir in einem Felsen materialisiert.", lachte Marshal Stan Thor. „Ich habe alle Daten so gut wie möglich geschätzt.", flachste Marshal Krogon. „Waaas? Geschätzt?", schrie Deputy Fenston. „War nur Spaß.", erwiderte Krogon. In dem Augenblick drückte Taktiker Ross Corwell der STAR MAR 8 auf den Transportknopf. Auch Ross Corwell hätte sich an dem Befreiungsunternehmen beteiligen können, er hatte Ausbildungen in allen Kampfsportarten absolviert. Aber er gehört zur Verteidigungscrew des Raumschiffes. Außerdem sind im Jahr 2480 das Tragen und Benutzen von Waffen nur den Marshals und Deputys gestattet. Gespannt schaute Corwell auf seine Monitore und Datenbänke. „Geschafft Leute! Sie sind gut angekommen, alle Lebenssignale sind im grünen Bereich. Bei Deputy Fenston sehe ich einen erhöhten Pulsschlag.", sagte Corwell. „Bei dem Spaß zuvor von Korogon… kein Wunder.", lachte der Navigator. Captain des Raumschiffs STAR MAR 8 war Lydia Gohr. Jeden Einsatz, den Marshal Stan Thor hatte, erlebte sie mit wackeligen Knien mit, denn sie war sehr an Stan interessiert. Zumal Stan auch noch ein sehr attraktiver Junggeselle war. Kurz bevor der Funke überspringen konnte, beide amüsierten sich im Freizeitraum an der Bar, wurde die STAR MAR 8 angegriffen. Beide verschoben ihr Rendezvous dann auf unbestimmte Zeit. „Maschinen auf Bereitschaft einstellen. Fluchtgeschwindigkeit in Richtung Erde berechnen. Kampfplätze besetzen, falls die Jungs Schwierigkeiten bekommen.", befahl Lydia Gohr mit fester Stimme.

In der Zwischenzeit verteilte Marshal Stan Thor die Aufgaben im Untergrund des Amtssitzes der Führung des Planeten Mendrok. Plötzlich Geräusche. „Ruhig Männer.", flüsterte Stan Thor. „Wahrscheinlich haben die Trüpiden die Geheimtüren entdeckt.", sagte Korogon. „Ich gehe vor, Stan. Nimm meine Ausrüstung und meine Waffen. Sie denken, dass ich ein Arbeiter wäre. Ich habe einen Plan.", so Korogon weiter. Er ging mit einer Spitzhacke in den Händen, die vor langer Zeit beim Bau der Gänge gebraucht wurde, laut pfeifend direkt auf die Kidnapper zu. „Hallo Leute, wir haben eine neue Quelle des Erzes gefunden. Nanu? Wer seid ihr denn, solch nackte Gestalten habe ich auf unserem Planeten noch nie gesehen?" Sofort schlug ihn einer der Trüpiden nieder. Nun, im Gegensatz zu den Bewohnern des Planeten Mendrok, die mit einem dichten Körperpelz ausgestattet waren, sahen die Trüpiden wirklich blass und kahl aus. Waffen wo man nur hinblicken konnte, ein militärisches auftreten, gepaart mit einem grimmigen Gesichtsausdruck. Die Marshals waren in sicherer Entfernung. „Müssen wir nicht eingreifen?", flüsterte Ricardo fragend. „Er weiß, was er tut.", so Stan Thor. Benommen stand Korogon auf. Es folgte der nächste Schlag. „Wo sind die Erze? Führe uns sofort dort hin.", ertönte es aus den Übersetzungskommunikatoren der Trüpiden. Laut rief Korogon: „Ach, könnt ihr nicht in unserer Sprache kommunizieren? Braucht ihr also Übersetzer? ÜBERSETZER braucht ihr also!" „Marshal Stan Thor verstand den Wink sofort. Bei Übersetzern spielte es keine Rolle wer spricht, es wurde alles per Computerstimme ins Trüpidische übersetzt. „Sage sofort wo die Erzquelle ist, Arbeiter, sonst..." „Keine Panik! Ich will mein Leben behalten. Folgt mir.", sagte Korogon. Er führte die vier Trüpiden direkt auf die Marshals zu. In seinem dichten Pelz hatte er eine Strahlenkanone versteckt. Blitzschnell zückte er das Ding, drehte sich um und feuerte. Gleichzeitig standen die Marshals im Gang und zogen wie in einem Western ihre Kanonen. Die Trüpiden überlebten dieses Duell nicht. Marshal Ricardo blies wie Clint Eastwood den Rauch aus dem Lauf, nur rauchte im 25. Jahrhundert nichts, es waren schließlich Laserkanonen. „Gut, dass du deine Kanone in deinem Pelz verstecken konntest, alter Freund.", freute sich Stan. „Ja, sonst fühle ich mich wirklich sehr nackt.", erwiderte Korogon lachend. „So Männer, Planänderung. Über den Übersetzungskommunikator lotsen wir so viele Trüpiden wie möglich hierher. Korogon und ich verstecken uns vor der Tür des Amtssitzes und versuchen mit dem Rest fertigzuwerden. Danach greifen wir von hinten an und nehmen die Bande ins

Kreuzfeuer.", ordnete Marshal Thor an. „Lass' mich in den Kommunikator sprechen. Ich hörte, wie einer mit einem Krockzeck sprach.", so Marshal Korogon. „Mache es, wir räumen die Leichen beiseite.", sagte Stan. „Ich rufe Krockzeck, ich rufe Krockzeck!", rief Korogon in den Kommunikator. „Du hörst dich so anders an, Nimzock. Was ist los?", ertönt es aus dem Kommunikator. „Die Erze stören den Kommunikator. Wir haben eine Goldgrube gefunden. Erze in Hülle und Fülle. Kommt herunter um uns zu helfen. Der Frachter soll sich bereit machen und die Schutzschilder runterfahren.", befahl Korogon per Übersetzungskommunikator. „Unser Frachter hat gar keine Schutzschilder. Nimzock, bist du das wirklich?", ertönte es. Die Sache schien aufzufliegen. Da fand Stan bei einem getöteten Trüpiden eine Flasche Plohm, das ist ein alkoholisches Getränk auf Mendrock und warf sie vor Korogons Füße. „Ich meine diese Schutzschilder, oder wie heißt das denn, diese Schutzetiketten vom erbeuteten Plohm, damit wir alle anstoßen können. Wir waren schließlich erfolgreich!", sagte Korogon. „Ha, ha, ha! Ja, du hast Recht Nimzock! Auf den Erfolg und die Beute!"

Die Marshals Thor und Korogon liefen schnell zum Eingang und versteckten sich. Die Geheimtür öffnete sich und 12 Trüpiden gingen lachend und siegessicher den Gang entlang, direkt in die Arme der anderen Marshals und Deputys. Diese positionierten sich geschickt zwischen den Felsen. Thor und Korogon warteten etwas, danach erstürmten sie den Amtssitz. Die beiden übriggebliebenen Trüpiden waren ein leichtes Spiel für die Marshals. „Jetzt zu den anderen!", rief Korogon, nachdem er sah, dass die Führer des Planeten Mendrok unverletzt waren. „Warte, ich kontaktiere das Raumschiff. Marshal Thor an das Raumschiff STAR MAR 8. Bitte melden." „Hier Captain Lydia Gohr. Stan, seid ihr unverletzt?" „Ja, Lydia, sind wir. Auf mein Zeichen legt ihr euch mit den drei Raumschiffen an, nehmt auch den Frachter in Angriff!", so der Marshal. „Geht klar, viel Glück euch!", so Lydia Gohr. Von weitem hörten die beiden Marshals schon die Strahlenkanonen. Gains, Stark, Ricardo, Norgon und Fenston schossen aus allen Rohren. Norgon war leicht verletzt. Die Trüpiden hatte größere Verluste. Drei von ihnen hatten gut geschützte Verstecke. Plötzlich standen die Marshals Thor und Korogon hinter ihnen. „Im Namen des Gesetztes des STAR MARSHAL OFFICE! Ihr seid verhaftet, legt die Waffen nieder und ergebt euch!" Die drei Trüpiden drehten sich um und zogen ihre Waffen. Aber die Marshals waren schneller. Durchbohrt mit zahlreichen Schusswunden sackten die Trüpiden zusammen. Stan Thor gab sofort das Zeichen zum Raumschiff, damit Lydia handeln konnte.

Captain Lydia Gohr ließ die STAR MAR 8 etwa 5000 Meter neben dem eigentlichen Aufenthaltsort projizieren. Über den erbeuteten Übersetzungskommunikator rief Marshal Stan Thor die Raumschiffe auf, sich zu ergeben. Er selbst und die anderen blieben noch auf dem Planet Mendrok, falls die Trüpiden weitere Kämpfer schicken sollten. Außerdem war es zu gefährlich, jetzt den Körpertransporter einzusetzen. Die Trüpiden Schiffe umzingelten die projizierte STAR MAR 8 und feuerten aus allen Kanonen. Sie besaßen Plasma-Bomben, die die STAR MAR 8 sofort vernichten könnte. Captain Gohr blieb auf ihrer verdeckten Position. Marshal Thor rief nochmals über den Übersetzungskommunikator: „Im Namen des Gesetztes… ergebt euch!"… … … Jetzt war Lydia Gohr gefragt. „Antimaterie-Werfer ausrichten. Auf Fluchtgeschwindigkeit vorbereiten. Mit den Körpertransportern die Mannschaft auf dem Planet erfassen.

Navigator, beobachten sie den Frachter, der will fliehen!", befahl Gohr. „FEUER FREI!"

Die Trüpiden merkten viel zu spät, dass sie aus einer anderen Richtung angegriffen wurden. Die starke Feuerkraft der STAR MAR 8 vernichtete die drei Raumschiffe sofort. „Holt uns an Board.", sagte Stan Thor über L-Com. „Jetzt den Frachter verfolgen.", so Lydia Gohr. Sie stellten den Frachter und verhafteten die Crew. Der Frachter wurde den Beamten des Planeten Mendrok übergeben, um technische Informationen über die Eindringlinge zu erhalten. Die Crew des Frachters wurde eigesperrt und wartete nun auf ein Gerichtsverfahren.

„Bin ich froh, dass ihr alle wieder auf dem Schiff seid. Wie sieht es heute Abend mit einem Rendezvous in der Schiffsbar aus, Stan?", fragte Lydia. „Ich freue mich darauf.", erwiderte Stan. „Wir setzen die Ganoven auf Ursus 4 ab. Dort ist ein Sicherheitsgefängnis. Es sind nur wenige Lichtjahre Umweg, dann haben wir das Gesindel nicht so lange auf unserem Schiff.", ordnete der Marshal an. Das Polizei-Raumschiff startete zu diesem Planet. Der Eintrag ins Logbuch lautete: „Auftrag mit Erfolg durchgeführt. Die Führung auf Mendrok ist befreit. Auf unserer Seite keine Verluste. 18 Gefangene, die zu Ursus 4 gebracht werden. Voraussichtliche Rückkehr zum Mars in etwa 100 Stunden nach Erdenzeit. Captain Gohr… Ende."

In der Schiffsbar trafen sich abends die Marshals, Deputys und Crewmitglieder der STAR MAR 8. Es wurde gefeiert, gelacht und erzählt. Der Nahrungsreplikator erzeugte Weine aus einer längst vergessenen Zeit. „Ich habe da mal eine Frage, Captain. Wie haben Sie damals entdeckt, dass es außerhalb des Universums noch Raum gibt? Ich dachte, das Universum ist endlich.", fragte

Deputy Norgon. „Eigentlich wollte ich mich jetzt amüsieren, Deputy, aber ich erkläre es ihnen gerne. Ich war gerade zwei Monate Captain auf dem Technikraumschiff LOGROS 07. Es war vollgepackt mit der neusten, aber ungeprüften Technik. Es waren Antriebserfindungen, es wurde mit Materie, Antimaterie, Dunkle Energie, usw. experimentiert. Prof. Isaak Greg war immer schon der Meinung, dass alles wie im Kleinen, so auch im Großen ist. Das Elektron kreist um den Atomkern, der Mars kreist um die Sonne, die Sonne kreist in der Milchstraße um ein Schwarzes Loch. Galaxien kreisen um riesige Schwarze Löcher. Und was ist mit dem Universum? Ist danach das Nichts? Wir testeten gerade einen neuen Antrieb mit der Dunklen Energie. Plötzlich waren wir nicht mehr im feststofflichen Universum, sondern in der Dunklen Materie. Wir schossen durch das Universum und wurden aus diesem katapultiert. Wir knallten nicht etwa an eine Wand, an ein Ende des Universums. Nein, der Raum, in dem sich das Universum ausdehnt, ist viel größer. Das Raumschiff stoppte irgendwann. Als wir im Ansatz realisiert haben, was da eigentlich passiert ist, sahen wir unser Universum so groß wie eine Wassermelone auf den Monitoren. Wir stellten die Außenkameras auf Rundumsicht. Wir sahen viele andere Universen. Prof. Isaak Greg nannte diesen Raum das Omnium. Wie viele Universen das Omnium beinhaltet, wissen wir noch nicht." Der Deputy bedankte sich und ging zur Bar, um mit seinen Freunden darüber zu diskutieren.

„Stan, hier ist mir heute zu viel los, lass' uns in meine privaten Räume verschwinden.", schlug Lydia vor. Beide schlichen sich aus der Bar und verbrachten eine herrliche Nacht zusammen.

„Navigator an den Captain. Wir nähern uns Ursus 4.", ertönte es aus dem L-Com. „Ich komme sofort auf die Brücke.", antwortete

Lydia Gohr. „Liebster, kümmerst du dich um die Gefangenen?
Aber sei vorsichtig."

Die 18 Gefangenen wurden abgeliefert. Nun nahm das Polizei-
Raumschiff Kurs auf den Mars.

Alle Systeme arbeiteten einwandfrei. Plötzlich meldete sich die
Stimme des Bordcomputers: „Warnung! Die Nähe eines
Schwarzen Lochs wird registriert! Warnung!" „Captain, ich habe
das Schwarze Loch auf dem Schirm. Es liegt auf unserer Route.
Das Schwarze Loch hat seine Position stark verlagert, unsere
Weltraumkarten müssen neu erfasst werden.", so der Navigator.
„Übermitteln sie alle Daten zu allen 128 Planeten, die dem STAR
MARSHAL OFFICE angeschlossen sind. Geben sie eine allgemeine
Warnung aus.", befahl Captain Lydia Gohr. „Objekt von
Backboard!", schrie der Wissenschaftsoffizier. Zu spät. Ein riesiger
Eisbrocken, angezogen durch das Schwarze Loch, kollidierte mit
der STAR MAR 8 und riss das Raumschiff in Richtung Schwarzes
Loch. „Gegensteuern! Volle Kraft!", rief Gohr. „Eine
Antriebsgondel ist beschädigt. Ich kann sie nicht aktivieren. Wir
werden vom Schwarzen Loch angezogen!", so der
Wissenschaftsoffizier. „Können wir durchfliegen oder werden wir
zerfetzt?", sorgte sich Deputy Fenston. „Wer durch ein Schwarzes
Loch fliegt, steuert innerhalb dessen auf ein Weißes Loch zu. Der
Endpunkt ist ein Paralleluniversum zu unserem. Aber das ist
Theorie, pure Theorie!", erklärte Captain Lydia Gohr. „Die linke
Antriebsgondel ist abgerissen!", so der Navigator. „Wir geben die
STAR MAR 8 auf. Geben sie einen Bericht zum Mars. Alle Mann
von Bord. Besetzt die Fluchtkapseln. Ich bleibe so lange wie
möglich auf dem Raumschiff und versuche die Stellung zu
halten!", rief Gohr. „Wir bleiben!", rief der Navigator. „Das ist ein

Befehl! Alle Mann von Bord!", bekräftigte Gohr. „Ich bleibe, Lydia.", flüsterte Stan Thor.

Die Fluchtkapseln schossen mit Lichtgeschwindigkeit in Richtung Mars. „Ich bereite unsere Fluchtkapsel auch vor, Lydia.", sagte Stan. Stan packte auch etwa zwei Kilogramm Krysilium ein. Damit wollte er im Mars-Hauptquartier experimentieren. „Computer, wann müssen wir spätestens das Raumschiff verlassen?", fragte Gohr. „Sie erreichen den gefährlichen Einzug in genau 3 Minuten und 45 Sekunden. Sie erreichen den Kern in 4 Minuten und 23 Sekunden. Heute ist das Wetter auf der Erde in Kalifornien sonnig. Sie sind Schach-Matt in zwei Zügen. Sie sind schwanger, Captain. Sie haben noch drei krotiokorendrendrum….", antwortete der Computer und versagte völlig. Die STAR MAR 8 drehte sich immer schneller, wurde immer näher angezogen. Die Außenkameras versagten. Das Lebenserhaltungssystem versagte. Immer mehr Systeme fielen der Anziehungskraft und dem enormen Druck zum Opfer. Lydia und Stan saßen gefangen in der Fluchtkapsel. Der kleine Monitor funktionierte noch. Die Frage war nun, wann ist der richtige Augenblick zum Starten? Geht es dann tiefer in das Schwarze Loch oder schaffen sie den Sprung in die Freiheit. „Durch die Drehbewegung habe ich berechnet, dass die zweite Antriebsgondel des Schiffs in Richtung Kern zeigt. Wir gehen auf Fluchtgeschwindigkeit und gleichzeitig schieße ich auf die Gondel. Wenn sie explodiert wird die freiwerdende Kraft uns helfen freizukommen.", schlug Lydia vor. „Ja, ist natürlich Theorie, ist schon klar.", lachte Stan mit Galgenhumor. „Übrigens lautet die letzte Botschaft der Crew, dass alle in Sicherheit sind.", ergänzte er noch.

Das Raumschiff drehte sich schneller und schneller. Lydia leitete die geplante Aktion ein. Ein Lichtblitz, denken war jetzt unmöglich, Angst haben war unmöglich, beide umarmten sich. Als die Antriebsgondel der STAR MAR 8 explodierte, setzte sie eine enorme Kraft frei, gleichzeitig ging die Fluchtkapsel auf Lichtgeschwindigkeit.

„Captain Lydia Gohr an die Crew der STAR MAR 8. Meldet euch. Die STAR MAR 8 ist explodiert, Marshal Thor und ich sind gerettet. Bitte melden.", funkte Captain Lydia Gohr in den Raum. Keine Antwort. „Vielleicht ist unser L-Com beschädigt, lass' uns in Richtung Mars fliegen.", schlug Stan vor.

Die Zeit verging. „Ich bin übrigens schwanger.", freute sich Lydia. „Was? Ich werde Vater! Klasse!", freute sich Stan ebenso. Der Mars war in Sicht. „Was ist das denn? Der Mars ist unbewohnt. Wo sind unsere Städte? Wo ist mein Haus?". Stan war unangenehm überrascht. „Es kann sich nur um einen Zeitsprung handeln. So etwas ist noch nie geglückt. Aber was heißt geglückt. Jetzt sind wir mittendrin. Was erwartet uns? Etwa Dinosaurier?", analysierte Lydia. Sie flogen in Richtung Erde. „Ich analysiere in Europa eine hohe Bevölkerungsdichte. Mein Vorschlag ist es, wir landen geschützt im Gebiet der Rocky Mountains. Wir sind übrigens mitten im Wilden Westen. Hier können wir uns am besten eine neue Identität aufbauen.", schlug Stan vor. „Gut, ich bin einverstanden. L-Com stelle ich auf SOS. Die Energie reicht für Jahrhunderte.", so Lydia. Die Fluchtkapsel näherte sich der Stratosphäre. Lydia fuhr die Flügel aus. Jetzt sah die Fluchtkapsel wie ein Fluggleiter aus. „Ich stelle auf Schubumkehr, halte dich gut fest, Stan." Lydia landete den Gleiter vorsichtig zwischen Felsen nahe Colorado Springs.

STAR
MARSHAL

Colorado Springs wurde gerade gegründet. „Ich erkenne Menschen in etwa 500 Meter Entfernung auf dem Monitor. Sie sind verletzt.", sagte Lydia. Lydia und Stan stiegen aus dem Gleiter und wollten zu den Verletzten, um ihnen zu helfen. Es war eine Familie, die auf dem Weg nach Colorado Springs war. Nur der Vater lebte noch. „Wo ist meine Frau? Wo meine beiden Kinder? Unser Erspartes, wo ist das?", stammelte er schwerverletzt. „Alles ist in Ordnung. Ruhen sie sich aus, wir versorgen sie und ihre Familie.", tröstete Lydia den Mann. Der Mann starb in ihren Armen. Alle wurden erschossen, das ersparte Geld war verschwunden. Ein Goldnugget fanden sie versteckt im Planwagen. Lydia und Stan zogen die Kleidung des Paares an. Stan nahm noch sein Krysilium mit, außerdem einige Bordwerkzeuge. Die Strahlenkanonen nahmen sie nicht mit, auch keine Kommunikatoren. Jetzt fuhren sie mit dem Planwagen nach Colorado Springs. Dort angekommen, verschafften sich Lydia und Stan zunächst einen Überblick. In der Bank gaben sie das Gold ab und tauschten es gegen Dollar ein. Danach wollten sie ins Hotel. „Suchen sie eine Bleibe für ihre beiden Pferde?", fragte ein Junge. „Für einen viertel Dollar sorge ich dafür, dass die Pferde Futter erhalten, striegele sie und der Planwagen wird gut untergestellt."

„Wer bist du denn?", fragte Stan. „Pedro, ich bin Pedro. Ich sorge für meine Familie.", antwortete der Junge. Stan gab ihm einen ganzen Dollar und sagte: „Mein Name ist Marshal Thor. Wo lebt deine Familie?" „Waas? Sie sind Marshal? Ein echter Marshal?", staunte Pedro. „Ja, mein Junge, bin ich.", so Marshal Stan Thor, „Und das ist meine Begleiterin, Captain... äh, nein, ach nenne sie einfach Ms. Gohr." „Mr. Marshal, sie finden meine Familie, mich und ihren Planwagen am Ende der Straße auf der rechten Seite.", so Pedro und fuhr mit dem Planwagen los. Im Hotelzimmer überlegten Lydia und Stan ihre weitere Vorgehensweise. „Sollte die Welt im Jahr 2480 uns finden, sind wir gerettet. Wenn nicht, dann sitzen wir im Jahr 1880 fest. Aber wir machen das Beste daraus, Lydia. Ich besorge mir zunächst einmal einen Colt, für alle Fälle.", sagte Stan. „Gut, bringe mir auch einen mit. Ich bestelle inzwischen etwas zu Essen.", ergänzte Lydia. Stan besorgte eine gute Ausrüstung. „Na, damit können sie ja Sitting Bull alleine besiegen.", lachte der Verkäufer des Geschäftes, in dem es einfach alles gab. „Ja sicher, ich hörte, dass der Wilde Westen ganz schön wild sei. Ich nehme noch eine Tüte Lutscher.", sagte Stan Thor. Auf der Straße traf er Pedro, der gerade verkünden wollte, dass er einen echten Marshal kennt. „Pedro!", rief der Marshal, „Höre mir einmal zu. Verrate noch nicht, dass ich Marshal bin. Ich habe einen Geheimauftrag, weißt du. Hier habe ich Süßes für dich und deine Freunde." „Verstehe, Marshal. Ich verrate nichts. Können sie denn auch meinem Vater helfen?", fragte Pedro. „Später, mein Junge, später."

In Colorado Springs eröffneten immer mehr Saloons. Es floss viel Alkohol, der ein oder andere Tote war zu beklagen. Viele Familien zogen von Norden nach Süden, von Osten nach Westen, es war der Goldrausch, der alle in seinen Bann zog. Glück und Unglück lagen nahe beieinander. Der Sheriff der Stadt hatte viel zu viel zu tun. Die Zeit verging. Lydia und Stan ließen sich in der Kirche trauen. In 4 Wochen erwarteten sie ihr erstes Kind. „Wird es ein Mädchen, könnte es Selina heißen, wird es ein Junge, dann Korogan, den Namen gibt es auf Mendrok.", sagte Stan begeistert. Lydia lachte laut: „Stan, wir befinden uns im Jahr 1880 auf der Erde. Wir müssen Namen aus diesem Jahrzehnt auswählen. Wie wäre es mit Joe oder Elizabeth?" „Ist in Ordnung. Hauptsache gesund.", so Stan. Es wurde dann doch ein Joe. „Das ist jetzt

bestimmt Höhere Mathematik, Lydia.", sagte Vater Stan. Mutter
Lydia darauf: „Verstehe ich jetzt nicht, Liebster." „Nun ja, es war
eine schöne Nacht 2480. Jetzt, 1880, wurde unser Sohn geboren,
dann ist er jetzt doch Minus 600 Jahre alt!", lachte Stan. Beide
nahmen sich in den Arm und waren glücklich.

Lydia fand eine Anstellung im Kolonialwarengeschäft Smith & Co.
Stan wurde Viehtreiber, ein echter Cowboy also. Es hatte alles
sehr wenig mit den Showduellen im Entspannungsraum auf dem
Mars zu tun. Und mit dem Sheriff aus Omaha, die Geschichten
vom Opa, gab es auch nicht viel Ähnlichkeit. Es war als Cowboy
ein harter Job. Abends sprachen die Eheleute dann über ihren
erlebten Tag. „War Joe brav heute?", fragte Stan. „Sehr sogar.
Wenn alle so brav sein würden. Du bist ja auf der Ranch. Aber hier
in der Stadt wird es immer gefährlicher. Es entsteht ein richtiger
Bandenkrieg.", mit ängstlicher Stimme sagte Lydia diese Worte.
„Und der Sheriff? Kommt er noch zurecht?" „Nein, die Übermacht
ist zu groß."

In der Freizeit arbeitete Stan auf dem Hof von Pedro an seinem
speziellen Colt. Er baute eine größere Trommel ein. Jetzt hatte der
Revolver neun Schuss. Für die letzten drei Patronen verwendete
er Krysilium. Nur eine Winzigkeit sorgte für eine Explosion, ähnlich
wie Dynamit. Die Trommel ließ sich leicht entnehmen, eine
gefüllte Ersatztrommel hatte Stan immer in der Tasche. Aber er
hatte noch mehr vor, aber alle Arbeiten kosteten sehr viel Zeit.
„Mr. Marshal, darf ich dich etwas fragen?", so Pedro. „Natürlich,
mein Junge. Was bedrückt dich?" „Mr. Marshal, es geht um
meinen Vater. Er ist von einer Bande verschleppt worden. In einer
Mine muss er arbeiten. Der Sheriff sagt, er wäre in Omaha. Aber
dort sei er nicht zuständig. Mr. Marshal, kannst du helfen?" „Ich

werde dir und deiner Familie helfen. Ihr habt mir und meiner Frau geholfen. Bei euch ist Joe geboren worden und ihr passt gut auf mein Kind auf. Ich verspreche, ich helfe dir."

Abends besprach Stan alles mit seiner Frau Lydia. Lydia hatte schlechte Nachrichten. In zwei Tagen erscheint hier in Colorado Springs die Stanton-Bande. Der Sheriff mobilisiert gerade Helfer. Aber wer wird schon mit Revolverhelden fertig? „Lass' mich überlegen, Lydia. Bleibe du an dem Tag im Geschäft und lasse dich nicht auf der Straße sehen. Unser Joe ist bei Pedro gut aufgehoben. Schlafen wir jetzt.", beruhigte Stan seine Frau.

Stan nahm sich für den besagten Tag frei. Er hatte so gute Arbeit geleistet, dass der Rancher Cliff Dorn ihm gern diesen Wunsch erfüllte. Morgens brachten Lydia und Stan ihren Sohn zu Pedro. Lydia ging normal zur Arbeit. Vor dem Laden stand eine Bank. Stan Thor setzte sich mit einer Zeitung darauf und beobachtete alles. Der Sheriff war sehr nervös. Er verteilte seine Helfer. Stan Thor erinnerte sich gern an seine Deputys. Wenn er jetzt die Truppe hätte… aber die war 600 Jahre entfernt. Plötzlich kam ein Reiter und rief: „Sie kommen! Bringt euch in Sicherheit! Sie kommen!"

Eine dramatische Situation entstand. Der Sheriff stellte sich wagemutig mitten auf die Straße. „Das ist ja Wahnsinn.", dachte sich Marshal Stan Thor. Die Bande ritt in die Stadt ein. Angeführt von Bill Stanton. Fünfzehn Männer saßen bis an die Zähne bewaffnet auf ihren Pferden. Die Bewohner von Colorado Springs versteckten sich. Zwei Helfer des Sheriffs hatten die Hose voll und liefen einfach in die Kirche. „Wie ist die Lage, Stan?", flüsterte Lydia durch die etwas geöffnete Ladentür. „Die Bande fühlt sich sehr sicher, sie haben sich nicht verteilt. Ich hoffe es sind nicht mehr. Ansonsten… Fünfzehn auf einen Streich."

Immer näher kam die Bande. Mit ihren Revolvern und Gewehren zielten sie auf Fenster und Türen. Sie schossen nicht, aber verbreiteten so Angst und Schrecken. Jetzt ritten sie an Marshal Stan Thor vorbei. Mit der Zeitung verdeckte er seinen umgebauten Colt. Nun standen die fünfzehn Männer vor dem Sheriff. Marshal Thor war in ihrem Rücken. „Mach' dich aus dem Staub, Sheriff. Wir übernehmen die Stadt.", befahl Bill Stanton. „Ich verhafte euch im Nehmen des Gesetzes.", antwortete mutig der Sheriff. Die Männer positionierten sich nebeneinander vor dem Sheriff. Langsam erhob sich Marshal Stan Thor und suchte Schutz vor einem Pfosten. Lässig lehnte er sich daran, aber mit der Hand am Colt. „Ihr habt gehört, der Sheriff hat euch etwas gesagt. Ich sage hiermit, legt die Waffen nieder." Drei Männer drehten ihr Pferd in Richtung Marshal. „Wer sagt das?" „Mein Name ist Marshal Stan Thor und nun runter mit den Waffen."

Die Männer zogen ihre Revolver. Stan Thor war klar schneller. Noch drei Schuss waren offiziell in der Trommel. Bill Stanton schoss auf den Sheriff. Am Boden liegend erschoss dieser zwei Männer. Dann traf ihn eine weitere Kugel. Jetzt drehten sich zehn Männer zu Marshal Stan Thor. „Was war noch, Großmaul? Was willst du mit deinen drei Kugeln ausrichten?", so Stanton. „Ich warne euch ein letztes Mal, Waffen fallen lassen.", so der Marhal. „Macht ihn fertig!", schrie Stanton. Noch ehe die Bande ihre Kanonen ziehen konnten, erschoss der Marshal mit den drei Kugeln Bill Stanton, danach schoss er mit den Krysilium-Patronen in die Mitte der Bande. Die heftigen Explosionen warfen die Männer von den Pferden. „Nun noch einmal, ich verhafte euch im Namen des Gesetzes.", sagte der Marshal mit ruhiger Stimme, dabei setzte er die nächste gefüllte Trommel ein. Jetzt kamen die

Helfer des Sheriffs aus ihren Verstecken und brachten die Überlebenden ins Gefängnis.

Der Sheriff wurde verarztet. Noch lange Zeit erzählten sich die Bürger von Colorado Springs dieses Duell. „Ich bleibe solange mit meiner Familie in der Stadt, bis sie gesund sind, Sheriff.", sagte der Marshal. „Einen Mann wie sie könnten wir hier gut gebrauchen. Ich danke ihnen im Namen der Stadt Colorado Springs. Ich verdanke ihnen mein Leben, Marshal.", so der Sheriff. „Leider muss ich ablehnen. Ich habe einem kleinen Jungen etwas versprochen. In der nächsten Woche geht es nach Omaha."

Der Tag des Abschiedes aus Colorado Springs nahte. Familie Thor wurde mit großem Beifall verabschiedet. Stets überdeckte Marshal Stan Thor das Wort STAR auf seinem Marshal-Abzeichen. Im 25. Jahrhundert trugen die Marshals das Abzeichen, da sie sich mit den US-Marshals im 19. Jahrhundert verbunden fühlten. Um eine neue Identität aufzubauen, ließen sich Lydia und Stan ihre Dienste in Colorado Springs schriftlich bestätigen. Später nannte man dies dann Arbeitszeugnis. Jetzt waren beide echte Amerikaner aus dem 19. Jahrhundert. „Ich werde nach Omaha telegrafieren, dass ich sie als Sheriff empfehle, Mr. Thor. Das ist das Mindeste was ich tun kann, um ihnen das Leben dort zu vereinfachen.", versprach der Sheriff von Colorado Springs.

Der Weg nach Omaha war lang und beschwerlich. Über 600 Meilen waren zurückzulegen. Der alte Planwagen musste oft von Stan repariert werden. Es war heiß. Die Sonne war mörderisch. Langsam gingen die Essens-Vorräte zu Ende. Wasser hatten sie genug, denn die Bewohner in Colorado Springs empfahlen die Route am Platte River entlang. Die Stadt Lexington war das nächste Ziel, um alle Vorräte aufzufüllen. In Lexington erwarb Stan zwei Reitpferde und alles was nötig war, um den Rest der Reise zu überstehen. Nach zwei Tagen ging es weiter in Richtung Omaha.

Die Fahrt wurde jetzt abwechslungsreicher. Hin und wieder sah man nun Eisenbahnarbeiter. Der kleine Joe verfolgte alles sehr aufmerksam. Kurz vor Lincoln sahen Lydia und Stan Rauchwolken am Horizont. „Ich reite voraus und sehe mir das einmal an. Nimm das Gewehr.", sagte Stan etwas besorgt zu seiner Frau. Er selbst nahm den umgebauten Colt mit. Vor der Reise konnte Stan noch die letzte Stufe seiner Umbauaktion erledigen. Stan ritt los. Von weitem konnte er erkennen, dass Männer auf Pferden fünf Planwagen angriffen. Waren es Indianer? Stan kam näher. Es schien eine Bande zu sein. Mit Halstüchern verdeckten sie ihr Gesicht. Bis auf 1500 Meter näherte sich Stan an. Jetzt konnte er genau erkennen, dass Frauen und Kinder in den Planwagen waren. Die Väter verteidigten sich tapfer, waren aber chancenlos. Sie waren mit der Bande völlig überfordert. Stan suchte sich eine leichte Anhöhe. Jetzt schraubte er Laufverlängerungen an seinen umgebauten Colt. Er wechselte die Trommel aus, befestigte ein Zielfernrohr und legte die Spezialmunition mit Kysilium ein. Die 1500 Meter waren locker zu schaffen. Er zielte auf die Bande. Natürlich sollten die Frauen, Männer und Kinder nicht verletzt werden. Stan schoss. Das Geschoss heulte durch die Luft. Es erinnerte Stan fast an ein startendes Raumschiff. Eine Explosion zwischen den Angreifern. Sie irrten herum. Stan schoss wieder. Eine Kugel legte er noch nach. Wieder Explosionen. Die überlebenden Angreifer suchten das Weite. Mittlerweile war Lydia mit dem Planwagen angekommen. Sie fuhren nun zu den Familien.

Die Kinder liefen Lydia und Stan schon laut rufend entgegen: „Sie haben uns gerettet, sie haben uns gerettet! Dankeschön!" Abends am Lagerfeuer erzählten alle Geschichten aus dem Leben. Für Lydia und Stan waren diese Geschichten sehr interessant, denn sie mussten sich schließlich eine Vergangenheit aufbauen. Die Gruppe kam aus Irland und wollte sich als Farmer in Amerika niederlassen. Zunächst dachten sie an das Gold. Aber als Goldgräber war es mit Kindern viel zu gefährlich. Alle zogen von Dublin aus in den Westen. „In Dublin wohnen meine Eltern.", sagte Lydia. „Ach, wie klein die Welt ist. Wo denn da?", fragte Jane McReed. „Nahe des Flughafens, äh, ich meine des Hafens.", verbesserte sich Lydia. „Ja, der Hafen zur Irischen See ist wunderbar. Wir haben ihn oft besucht.", so Jane.

Nun hatten Lydia und Stan ihre Lebensgeschichte. Zufrieden legten sich alle um das Lagerfeuer zum Schlafen.

Nach der Verabschiedung am frühen Morgen zogen die Farmer nach Westen und Lydia und Stan weiter nach Osten. In Omaha, nach langen 600 Meilen, wurden sie vom Hilfssheriff Cliff Northon freudig empfangen. „Ich habe für sie ein Hotelzimmer gebucht. Robert kümmert sich um ihr Gepäck und den Planwagen. Ruhen sie sich erst einmal gut aus."

Am nächsten Tag ging Stan ins SHERIFF'S OFFICE und erklärte sein Anliegen. „Deputy, wir wurden auf dem Weg hierher überfallen. Irische Farmer, die nun auf dem Weg nach Westen sind, können dies bestätigen. Unsere Ausweispapiere sind verbrannt. Lediglich die Arbeitspapiere für mich und meine Frau habe ich noch." „Das ist kein Problem. Ihr Ruf eilte von Colorado Springs voraus. Ich werde alles Nötige veranlassen. Aber auch die Stadt Omaha hat ein Anliegen. Unser Sheriff ist vor 6 Tagen erschossen worden. Am

Sterbebett gab er mir dieses Telegramm von seinem Freund in Colorado Springs. Sie haben dort die Stadt gerettet und das Leben vieler Bewohner. Ich möchte sie zum Sheriff von Omaha vereidigen.", so der Hilfssheriff Cliff Northon. „Ich nehme den Posten gerne an.", sagte Stan Thor.

Lydia und Stan richteten sich in einem kleinen Haus am Rande der Stadt gemütlich ein. Es hätte auch noch ein größeres Haus gegeben, aber der große Stall war dann doch ausschlaggebend. Hier konnte Stan seine Arbeiten an den Feuerwaffen fortsetzen. Und gerade damit begann er sofort, während seine Frau das Haus einrichtete. Herrliche Stoffe für Vorhänge, ein wunderschönes rotes Sofa, ein Teeservice aus Germany und viele Dinge mehr, die Lust auf einen gemütlichen Feierabend machen sollten. Die Kinder aus der Nachbarschaft brachten dem kleinen Joe Spielzeug aus Holz. Lydia fand eine Anstellung als Lehrerin. Nun hatte sie keine Raumschiffcrew unter sich, sondern eine Bande lieber Kinder. Es war natürlich eine Umstellung, von Galaxien, dem Universum oder gar dem Omnium, auf die Grundrechenarten umzusteigen. Manchmal war es für Stan und Lydia auch schwer, ihr Wissen für sich zu behalten.

„Guten Morgen, Cliff. Ist ein herrlicher Tag heute.", sagte Sheriff Stan Thor. „Ja, wunderbar. Haben sie sich gut eingerichtet, Sheriff?" „Wir sind sehr zufrieden. Es sind so viele nette Menschen in ihrer, sorry, unserer Stadt." „Stimmt. Unser ehemaliger Sheriff hatte alles gut im Griff. Wir haben nur Probleme mit den Besitzern der Erzmine im Norden." „Hat der Tot des Sheriffs damit zu tun?" „Korrekt. Und ich würde denen gern das Handwerk legen." „Sagt ihnen der Name Pedro Morgeno etwas?", fragte der Sheriff. „Ja, der Sheriff in Colorado Springs

sendete einmal ein Telegramm. Mehrere Mexikaner wurden
verschleppt. In der Mine arbeiten viele Mexikaner. Die Besitzer,
die Brüder Dennon, haben eine Festung aus der Mine gemacht.
Niemand kommt rein, niemand raus. Sie selbst kommen samstags
zum Bier in die Stadt und nehmen Proviant mit." „Und was
geschah mit dem Sheriff." „Es gibt angeblich keine Zeugen, denn
die Brüder Dennon zwangen alle Besucher des Saloons sich
umzudrehen. Angeblich sollte es ein faires Duell gewesen sein.
Aber der alte Hardy sagte, der Sheriff wurde von zwei Mann
festgehalten." „Wo finde ich diesen Mr. Hardy?", fragte der
Sheriff nach. „Erschossen. Zwei Tage nach der Aussage fand ich
ihn hinter dem Pferdestall." „Morgen reite ich zu der Mine, werde
die Lage einmal prüfen." „Soll ich sie begleiten?" „Nein, in der
Stadt muss ein Gesetzesvertreter bleiben." „Aber Pete könnte sie
begleiten. Er kennt den Weg." „Okay, damit bin ich
einverstanden."

Am nächsten Morgen starteten Sheriff Stan Thor und Pete zur
Mine. „Dort sind die ersten Wachposten Sheriff. Wir reiten um die
Felsen herum, dann können sie den Eingang der Mine sehen.",
erklärte Pete. Mit seinem Fernrohr sah der Sheriff, dass die
Arbeiter ausgepeitscht wurden. Ein Mexikaner lief davon. Er
wurde von einem Aufseher ohne zu zögern erschossen. Pete
sagte: „ Das war Mike Dennon, er trägt ein rotes Halstuch. So ein
Schwein. Aber alle sind sie Schweine." Pete war verbittert.

Am Abend beratschlagten Cliff Northon und Stan Thor die Lage.
„Wir müssen einen Marshal und das Gericht einschalten.", sagte
Stan. „Ich dachte, sie sind auch Marshal. So schrieb es doch der
Sheriff in Colorado Springs." „Ach, das ist eine andere Geschichte,

darüber reden wir später. Morgen ist Samstag. Ich nehme mir die Dennon's morgen zur Brust."

Lydia hatte ein herrliches Abendessen vorbereitet. „Was macht unser Sohn?", fragte Stan. „Er wächst und gedeiht, Liebling. Mit seinem Holzrevolver spielte er heute mit den Kindern im Hof. Soll er später auch einmal Marshal werden? Was meinst Du?" „Politiker wäre mir lieber. Wir kennen doch die Weltgeschichte." Nach dem Essen ging Stan noch in den Stall, den er sich zu einem Arbeitsraum eingerichtet hatte. Es wurde spät. „Schläfst du Schatz?" „Ich habe noch auf dich gewartet. Die Rechenarbeiten habe ich schon korrigiert. Was hast du gearbeitet?" „Ich habe den Colt weiter verbessert. Schlafe gut, mein Darling."

Der Samstag begann ruhig. Gegen 16 Uhr trafen die Dennon's in der Stadt ein. Nach dem Einkauf gingen Big Dennon, Jack Dennon und Mike Dennon in den Saloon. Sheriff Northon trat ein: „Mein Name ist Stan Thor, ich bin Sherif in dieser Stadt. Um mir einen Überblick zu verschaffen werde ich sie Montag besuchen." „Was sagt die Kakerlake?", murmelte Big Dennon. „Die Kakerlake will zum Tee kommen, Big Dad.", provozierte Mike Dennon. „Ach ja, Mike Dennon?" „Was willst du, Kakerlake?" „Ich nehme sie wegen Mordes im Namen des Gesetzes fest." Mike Dennon griff zum Revolver. Der Sheriff war schneller. „Drücken sie ab, sind sie eine Leiche.", sagte der Sheriff. In diesem Augenblick kam der Hilfssheriff mit einer Winchester in den Saloon und hielt die anderen Dennon's in Schach. Jack und Big Dennon verließen die Stadt mit der Androhung: „Ich hole meinen Jungen hier raus. Und dich, Kakerlake, vernichte ich mit einem Kugelhagel!"

Mike Dennon wurde eingesperrt. „Ich telegrafiere Richter Smith in Kansas City, aber das wird 30 Tage dauern, bis er hier ist.", sagte

Cliff Northon. „Nun, ich bleibe dabei, Montag erledige ich die Bande. Es dürfen nicht noch mehr Menschen in der Mine sterben." „Sheriff, muten sie sich nicht zu viel zu, man lebt nur einmal. Aber bei dieser Brutalität ist es fraglich, ob es noch Menschen im Jahr 2100 gibt." „Mann, wenn sie wüssten.", murmelte Stan Thor.

Sheriff Stan Thor machte sich am Montag um 9 Uhr auf den Weg zur Mine. Der Sheriff wollte die Sonne im Rücken haben. Er beobachtete wie Big Dennon, Vater von Jack, Norman, Robert und Mike, die Wachen verteilte. Drei Mann patrouillierten um den hohen Zaun herum. Der Sheriff wartete ab, die drei Männer ritten auf den Eingang zu. Die Sonne stand gut. Das Mündungsfeuer des umgebauten Colts konnten sie bestimmt nicht erkennen. Ein gezielter 1000-Meter-Schuss und die drei Reiter starben an der Explosion. Das gut gesicherte Eingangstor brach zusammen. Die Dennon's und ihre Revolverhelden rannten aus dem Haus, schossen wild um sich und suchten Schutz. Der Sheriff ortete jeden von ihnen. Er schoss auf die Pferdetränke… eine gewaltige Explosion durch das Krysilium töte den Revolvermann. Der nächste 1000-Meter-Schuss traf das Haupthaus, es ging in Flammen auf. Die Sache lief gut. Plötzlich bemerkte der Sheriff, dass hinter seinem Rücken eine Handvoll Männer auf ihn zugeritten kamen. Der Sheriff ritt um den Hügel herum, um zurück in die Stadt zu kommen. Dort angekommen sah er die aufgeregten Bürger. Mike Dennon überrumpelte den Hilfssheriff und bot den Revolverhelden Ross und Clark 500 Dollar für die Ermordung von Sheriff Thor. Clark brachte noch seine fünf Freunde mit. „Sheriff, ich habe einen Fehler gemacht. Jetzt wird die Bande unsere Stadt in Schutt und Asche legen.", wimmerte Cliff Northon.

Alles beruhigte sich wieder, denn Sheriff Thor sagte mit seiner beruhigenden Stimme: „Alles wird gut, Leute. Ich nehme den Kampf auf. Wie in Colorado Springs benötige ich den schnellsten Reiter unter euch. Er muss frühzeitig ankündigen, wann die Bande von der Mine aus losschlagen will." Stan ließ seinen alten Planwagen aus dem Stall holen. „Ist der schwer zu schieben… Sheriff… was haben sie hier verbaut?", rief Pete und quälte sich mit vier weiteren Männern. Den Wagen ließ der Sheriff vor das Office schieben. Man sah wohl, dass die Holzräder durch Stahlräder ausgetauscht wurden. Aber der Rest schien Holz zu sein. Er war nun höher als sonst, das sah man aber nicht, da das bogenförmige Planwagendach viel verdeckte. Die Bürger sollten in ihren Häusern bleiben. Lydia und Joe versteckten sich im Office. „Sie kommen! Sie kommen!", rief der Beobachtungsposten. Jetzt war die Stadt totenstill. Aus zwei Richtungen griffen die Revolverhelden an. Sie sahen den Planwagen und den Sheriff darin, sofort schossen sie aus allen Rohren. Das Planwagendach wurde weggeschossen. Der Wagen wurde durchlöchert. „Wir haben ihn! Legt die Stadt in Schutt und Asche!", schrie Big Dennon. Wie aus dem Nichts stand plötzlich der Sheriff im Planwagen und schoss im Zehntelsekundentakt auf alles was sich bewegte. Auf seinem Colt war ein langer Schacht angebracht, in dem 100 Schuss Munition waren. Die Revolverhelden waren irritiert und schossen entweder weiter oder suchten Schutz im Saloon. Der Sheriff setzte das nächste Magazin auf. Nun war die Munition mit Krysilium bestückt. 100 Schuss… unendliche Explosionen… es gab um den Planwagen herum nur noch Tote. Das Magazin war leergeschossen. Jetzt setzte Stan Thor die umgebaute Trommel mit 9 Schuss wieder in den Colt ein. Langsam ging er zum Saloon. Robert Dennon war noch nicht erledigt. Von einer Kugel getroffen stand er auf, versteckte sich hinter dem

Planwagen und zielte auf den Sheriff. „Kakerlake, du bist jetzt dran!" Der Sheriff war in der Falle, er stand zwischen Planwagen und Saloon. Ein Schuss fiel. Robert Dennon brach zusammen. Lydia zielte genau. Als Captain der STAR MAR 8 war sie geschult. „Und jetzt mache sie fertig, Sheriff!", rief sie ihrem Mann zu. Vier Mann standen vor dem Saloon und waren geschockt. Sie zogen ihre Kanonen und schossen auf den Sheriff. Die Kugeln landeten im Sand, der Sheriff war noch zu weit entfernt. Die Männer luden nach. „Ihr seid verhaftet, legt die Waffen nieder!", rief der Sheriff. Die Männer schossen weiter. Stan Thor zog den Colt. Drei Kugeln aus Krysilium schossen pfeifend durch die Luft. Explosionen… Tote.

Revolverheld Frank Ross und Mike Dennon waren noch im Saloon. „Weitere 1000 Dollar wenn wir das Schwein erledigen.", bot Mike an. „Okay!", antwortete Frank Ross. Der Sheriff kam durch die Pendeltüren. Die Männer standen sich gegenüber. Der Sheriff hatte nun noch sechs normale Patronen. Es wurde nun ein echtes Duell. Ein Duell, wie es Stan Thor unendliche Male gegen Billy the Kid erlebt hatte, im Erlebnisraum auf dem Mars. Aber da war der Revolverheld virtuell. "Zieh!", schrie Mike Dennon. Der Sheriff achtete nur auf die Augen der Gegner. Er hörte nichts und sah nichts anderes. Dann das Zucken bei Frank Ross. Der zog den Revolver. Blitzschnell zog der Sheriff, mit dem Daumen spannte er den Hahn, der Zeigefinger reagierte sofort. Zwei Schuss! Die eine Kugel traf Frank Ross. Ross' Kugel traf nur die Pendeltür. Mike Dennon zog auch die Waffe. Wieder war der Sheriff schneller.

Die Stadt feierte den Erfolg. „Sheriff, was war denn nun mit ihrem Planwagen los, warum war der so schwer?", fragte Pete. „Ich habe Stahlplatten von den Eisenbahnen eingebaut.", antwortete der

Sheriff. „Hey, unser Sheriff hat eine eigene Eisenbahn!", lachte
Pete. „So, jetzt will ich noch los zur Mine. Ich habe dem kleinen
Pedro ja etwas versprochen.", rief der Sheriff in die Runde. Der
Sheriff nahm ein Bild von sich, mit seiner Frau und Joe, mit zur
Mine. An der Mine angekommen fand er noch etwa eine Handvoll
Mexikaner vor. „Ist Mr. Morgeno unter ihnen?", fragte der Sheriff.
„Ich bin Jose Morgeno.", sagte ein Mann. „Dein Sohn hat mich
geschickt. Hier sind 100 Dollar. Zeige ihm dieses Bild und grüße
deinen Sohn von seinem Mr. Marshal."

Abends fielen sich Lydia und Stan in die Arme. „Was macht unser
Sohn?", fragte Stan. „Er wächst und gedeiht.", lachte Lydia. „Ich
erinnere mich gern an meinen Großvater. Er erzählte mir immer
wieder von einem unserer Vorfahren. Ein Sheriff mit Namen Stan
Thor. Er soll um das Jahr 1880 gelebt haben. Ich hielt das immer
für eine spannende und erfundene Geschichte von ihm. Ist das
nicht unglaublich?", sagte Stan. „Na, bei dem was wir beide so
alles erlebt haben, wundert mich nichts mehr. Schlafe gut, mein
Darling."

Viele, viele Jahre war Stan Thor noch Sheriff in Omaha. Jede
Menge Abenteuer hatte er noch zu überstehen, denn der Wilde
Westen war wild und unberechenbar, genauso wie das
Universum. Lydia wurde Schulleiterin. Ihr Sohn Joe wurde in New
York Richter. Bei Ausgrabungen im Jahr 1978 fand man nördlich
von Omaha den Spezial-Colt und eigenartige, nicht von dieser
Erde stammende Patronen, die hochexplosiv waren. Das unterlag
der höchsten Geheimhaltung. 2016 fand eine Pfadfindergruppe
im Gebirge westlich von Colorado Springs den Fluggleiter des
Polizei-Raumschiffs STAR MAR 8. Das Notsignal SOS war immer
noch aktiv. Fragen über Fragen… Ende des ersten Teils.

Teil 2: ISBN 978-3-739-24892-9

STAR MARSHAL

POLICE IN THE UNIVERSE

GEFAHR AUS DEM OMNIUM

Wir schreiben das Jahr 2485. In der Memorial Hall gedenkt General Jackson der verschollenen Mitglieder Captain Lydia Gohr und Marshal Stan Thor. Bei einem Einsatz im Jahr 2480 kamen sie einem Schwarzen Loch zu nahe. Sie evakuierten alle Besatzungsmitglieder und versuchten das Polizei-Raumschiff STAR MAR 8 zu retten. Seither gelten sie als verschollen. Da noch niemand durch ein Schwarzes Loch geflogen ist, will General

Jackson nicht von „getötet" sprechen. Unter den Gästen befinden sich alle geretteten Marshals, Deputys und Crew-Mitglieder der STAR MAR 8.

General Jackson: „Ich danke für ihr zahlreiches Erscheinen… ich selbst gab den Einsatzbefehl KL-456-UG4. Diese Zahlen- und Buchstabenkombination werde ich niemals vergessen. Mit Lydia Gohr haben wir eine erfahrene Ingenieurin, Wissenschaftlerin und Raumschiffkapitänin verloren. Sie konnte leider ihre wissenschaftlichen Erfahrungen vom Flug bis ans Ende des Universums nicht mehr veröffentlichen. Wertvolle Informationen nimmt sie nun mit in eine andere, vielleicht parallele Welt, ich hoffe es zumindest. Mit Marshal Stan Gohr verlieren wir einen der erfahrensten und erfolgreichsten Hüter des Gesetzes überhaupt… und ich einen Freund."

Auch Greg Gains hielt eine Rede: „Ich vermisse beide. Lydia war eine kompetente und erfahrene Kapitänin aller Schiffe, die sie befehligte. Mit Stan verliere ich den besten Freund. Viele Abenteuer haben wir erlebt. Macht's gut Freunde, wo auch immer ihr euch jetzt befindet."

Die Gedenkfeier wurde durch einen L-Com-Ruf unterbrochen: „Hier Kontrollzentrale Mars B4. Wir haben ein Scan-Signal empfangen. General Jackson bitte melden."

Sofort verabschiedete sich General Jackson und flog zur Kontrollzentrale. „Wer ist zuständig?", fragte der General. „General, mein Name ist McLinch, ich bin Sicherheitsbeamter." „Was hat es mit dem Scan-Signal auf sich, McLinch?" „Normalerweise kommunizieren wir zwischen unseren Partnern, das sind 128 Planeten in der Milchstraße, mit L-Com. L-Com gleicht die Unterschiede zwischen Zeit und Lichtgeschwindigkeit aus. Des Weiteren hören wir die kosmische Mikrowellenhintergrund-strahlung, nicht zu verwechseln mit der kosmischen Hintergrundstrahlung. Die Mikrowellenhintergrundstrahlung ist kurz nach dem Urknall entstanden. Nun haben wir eine zusätzliche Strahlung entdeckt. Unser L-Com-Signal ist künstlich, von intelligenten Wesen. Die Strahlung vom Urknall ist eine natürliche Strahlung. Und genau darauf entdeckten wir eine Strahlung, die die Urknallstrahlung als Trägerfrequenz ausnutzt. Die wiederum scannt alles und jeden. Die Frage ist, wozu und wer steckt dahinter?" General Jackson war besorgt. „McLinch, das hat jetzt Priorität. Kontaktieren sie alle 128 Planeten. Eine andere Macht hat nur friedlich mit uns Kontakt aufzunehmen. Gescannt zu werden halte ich für keinen friedlichen Akt. In 24 Stunden erwarte ich sie im Star Marshal-Hauptquartier.

Auch Marshal Greg Gains wurde ebenfalls geladen. Gespannt warteten alle Anwesenden auf den Bericht. „Das Problem ist", so McLinch, „dass sich diese Scanwelle auf der Urknallstrahlung in entgegengesetzter Richtung fortbewegt. Das heißt, die Urknallstrahlung kommt aus der Region, in der der Urknall stattfand, dem Mittelpunkt also. Die Scanwelle hingegen kommt entweder vom äußersten Rand des Universums oder darüber hinaus."

„Jetzt fehlt uns Lydia Gohr. Sie flog bereits über die Grenzen des Universums hinaus.", sagte General Jackson. McLinch war überrascht: „Das verstehe ich nicht, das ist nirgendwo dokumentiert." „Es war ein Geheimauftrag. 2478 startete das Technik-Raumschiff LOGROS 07 mit Prof. Isaak Greg zu dieser Expedition. Lydia war Captain. Der Professor experimentierte mit

Dunkler Energie als Antrieb. Es funktionierte, war aber unberechenbar. Wo ist der Professor heute?", fragte der General. Marshal Norman meldete sich zu Wort: „Das Raumschiff LOGROS 07 ist zerstört. Mit meiner Crew rettete ich damals den Professor und die Mannschaft. Heute arbeitet er auf dem Raumschiff LIVER ONE." „Wir setzen die Konferenz fort, wenn der Professor hier auf dem Mars ist. McLinch, sie sind jetzt im Team. Kontaktieren sie den Professor. Und denken sie daran, Geheimhaltung dieses Projekts ist angesagt. Die Trüpiden kamen uns schon einmal dazwischen.", so der General.

Nach vier Tagen traf sich die Gruppe aufs Neue. Professor Greg brachte viele Unterlagen mit. „Professor, wir haben das Problem, dass wir so schnell es geht an den Rand unseres Universums gelangen. Was sind ihre Vorschläge?", forderte der General.

„Nun, meine Damen und Herren", begann Professor Isaak Greg seinen Vortrag und fuhr fort, „damals experimentierten wir mit der Dunklen Energie. Sie ist schwer zu bändigen gewesen. Captain Lydia Gohr und die Crew der LOGROS 07 kämpften ganz schön mit dem Schiff, um Kurs zu halten. Danach habe ich mich zurückgezogen. Unser Außensatellit Neptun B6 konnte weitere Gravitationswellen messen. Albert Einstein entwickelte alles in der Theorie und am 11. Februar 2016 folgte der Beweis für Gravitationswellen. Es wurde bis heute zwar experimentiert, aber ich stelle ihnen nun den Durchbruch vor. Eine Gravitationswelle durchquert die vierdimensionale Raumzeit, sprich den Raum in dem wir leben, mit nur Lichtgeschwindigkeit. Abstände werden dabei gestaucht und gestreckt."

„So weit, so gut, Professor, aber mit nur Lichtgeschwindigkeit sind wir eventuellen Angreifern von außen doch völlig unterlegen.", sagte Marshal Gains.

„Ja, natürlich. Ihre Star Marshal-Raumschiffe fliegen mit Überlichtgeschwindigkeit. Nun stellen sie sich vor, sie fliegen mit Überlichtgeschwindigkeit und ich bin bereits am Ziel, bei nur Lichtgeschwindigkeit. Ich arbeite mit der von meinem Team und mir entwickelten Chromoswelle. Sie faltet den Raum wie eine Sinuswelle. Ihr Schiff muss nun die Sinuswelle abfliegen um zum Ziel zu kommen. Natürlich merken sie nicht, dass sie auf einer Sinuswelle fliegen, besser gesagt, einen gefalteten Raum abfliegen, denn der Raum scheint geradlinig.

Ich hingegen fliege gerade durch diese Sinuswelle hindurch und das nur mit Lichtgeschwindigkeit. Mein Weg ist nur ein Bruchteil. Hier ein Schaubild dazu.", so der Professor.

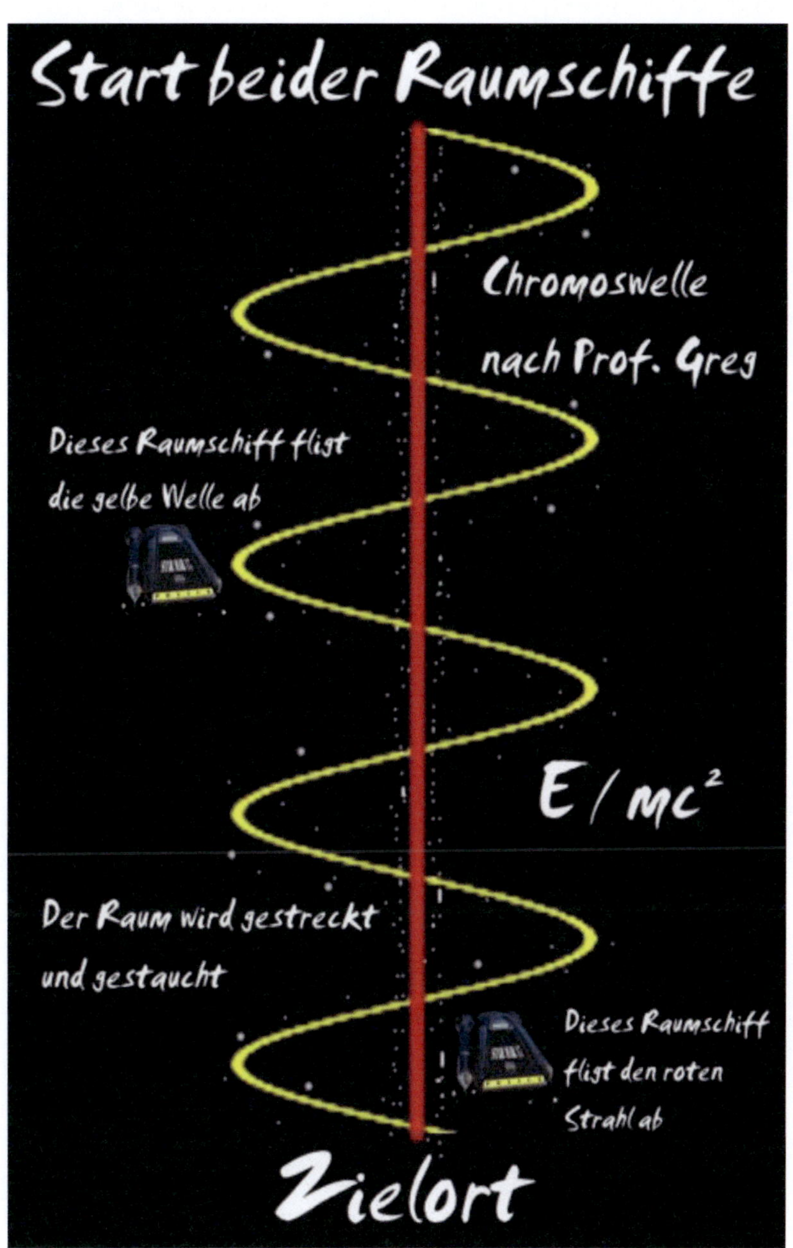

Start beider Raumschiffe
Chromoswelle
nach Prof. Greg
Dieses Raumschiff fligt
die gelbe Welle ab
E / mc²
Der Raum wird gestreckt
und gestaucht
Dieses Raumschiff
fligt den roten
Strahl ab
Zielort

„Meine Damen und Herren. Wir wollen keine Zeit verlieren. Ich glaube, wir haben das Prinzip verstanden. Professor, ist ihr Raumschiff LIVER ONE einsatzbereit?", fragte General Jackson.

„Ja, das Schiff ist einsatzbereit. Zusätzlich können wir acht Schiffe ihrer Star Marshal-Flotte mit in die Chromoswellen-Glocke nehmen.", laut Professor Greg. „Gut, denn wir wissen nicht was uns erwartet. Marshal Gains, sie leiten diese Aktion. Marshal Norman, sie sind ebenfalls dabei. Eine Sicherheitsmannschaft wird den Professor und seine Crew auf der LIVER ONE begleiten. Ich gebe den Einsatzbefehl KL-565-UG4.

Kommt mir bitte alle wieder zurück, ich denke da an Marshal Stan Thor und Captain Lydia Gohr.", befahl General Jackson vom Mars Hauptquartier.

Die Vorbereitungen liefen auf Hochtouren. Deputy Norgon ging mit einer Sicherheitsmannschaft auf die LIVER ONE. Professor Isaak Greg erklärte alle technischen Funktionen der Chromoswelle. „Wir haben die Möglichkeit, für uns den Raum zu verkürzen, indem wir für die Chromoswellen stauchen. Unsere Gegner müssen so einen längeren Weg fliegen.", erklärte der Professor. „Verstehe, nun müssen wir nur noch unsere Gegner kennen.", sagte Deputy Norgon.

Über L-Com ertönte: „Hier Star Marshal Hauptquartier. Die nächste Scan-Welle wurde bemerkt. Wir geben den Einsatzbefehl frei. STAR MAR 17… Marshal Gains… STAR MAR 18… Marshal Korogon… STAR MAR 27… Marshal Stark… STAR MAR 31… Marshal Fenston… STAR MAR 34 Marshal Clinton… STAR MAR 44… Marshal Wegros… STAR MAR 45… Marshal Ustinov… STAR MAR 48… Marshal Lynn.

Zu erwähnen ist, dass Deputy Fenston die Prüfungen zum Marshal bestanden hat. Alles Gute Marshal Fenston. Hauptquartier Ende.“

Die STAR MARSHAL-Police-Raumschiffe formierten sich um die LIVER ONE herum. Professor Greg leitete den Start der Chromoswelle ein. Ein riesiger Generator wurde eingeschaltet. Er war genau in der Mitte des Raumschiffs positioniert. Die Welle verzerrte den Innenraum. Jetzt verzerrte das gesamte Raumschiff. Nun stellte Professor Greg außerhalb der LIVER ONE den Bereich ein, indem sich alle STAR MAR-Raumschiffe befanden. Der Navigator stellte die Richtung ein, aus der das Scan-Signal ausgesendet wurde. Innerhalb der Raumschiffe bemerkte man absolut nichts von einem Falten des Raums.

3… 2… 1… START!

„Ich merke nichts. Ist der Chromoswellen-Generator ausgefallen?“, fragte Marshal Greg Gains. „Im Gegenteil, Marshal, wir sind nur mit Lichtgeschwindigkeit unterwegs und haben bereits 10% des Raums geschafft.“, so der Navigator der STAR MAR 17.

„Na, das reicht ja um ein, zwei Kurzgeschichten vom Autorenteam Sültz auf Sylt zu lesen. Deren Science Fiction-Geschichten waren damals atemberaubend.“, flachste der Marshal.

Die Mannschaften berieten sich über den bevorstehenden Einsatzplan. Es ist natürlich schwierig, denn den Gegner kennen sie nicht. Eines stand nur fest, es handelte sich bei der Scan-Welle nicht um ein natürliches Phänomen.

Die Mannschaften ruhten bis zum Ziel aus. Nur der Professor war im Stress. Er überwachte alle Instrumente, war aber auch zugleich sehr stolz, dass der Generator so gut funktionierte. Während des Flugs stauchte der Professor die Chromoswelle immer mehr. Das bedeutete, dass bei gleicher Geschwindigkeit immer mehr Raum durchflogen wurde. „In 28 Tagen, nach irdischer Zeit, sind wir am Ziel.", verkündete er.

„Das Ziel wird in 25 Zentilonen nach Sternenzeit erreicht werden. Die Raumzeitstauchung wird nun der normalen Raumzeit angepasst.", meldete der Zentralcomputer der LIVER ONE. Das bedeutete, das Ziel war etwa noch 14 Lichtjahre entfernt. Bei 0,2 Lichtjahren stoppte die LIVER ONE komplett. „So, meine verehrten Damen und Herren. Mein Auftrag ist erfüllt.", sagte der Professor stolz ins L-Com. Alle beglückwünschten ihn. Nun waren die STAR MAR-Raumschiffe gefragt. Erstaunt schauten sie in den leeren Raum. Hinter ihnen lag das Universum. Vor ihnen lag das Nichts, das von Professor Isaak Greg getaufte Omnium.

Wie aus dem Nichts standen plötzlich über 100 Raumschiffe vor den 8 STAR MAR-Raumschiffen. „Wir müssen sie von der LIVER ONE weglotsen. Verteilt euch. Fliegt in den leeren Raum!", befahl Marshal Greg Gains. Die fremden Raumschiffe feuerten sofort. Sie waren riesig. Die wendigen Polizei-Raumschiffe starteten sofort auf Überlichtgeschwindigkeit. Die fremden Raumschiffe folgten ihnen ebenfalls mit Überlichtgeschwindigkeit. „Noch nicht einmal Schiff gegen Schiff hätten wir eine Chance. Die Marshals standen eben immer schon seit dem 19. Jahrhundert einer Übermacht gegenüber. Feuern ist Zwecklos, sie sind stärker und genau so schnell… machts gut Freunde.", rief Marshal Fenston, der seinen ersten Einsatzbefehl hatte.

Über L-Com hörten sie den Professor: „Haltet sie hin, fliegt zurück ins Universum. Ich arbeite an dem Problem." Die wendigeren STAR MAR-Raumschiffe formierten sich nun und flogen hintereinander Angriffe. Von vorn sahen die Gegner nur ein Raumschiff, plötzlich griffen acht Raumschiffe an. Aber welche Formation auch geflogen wurde, es gab keine Erfolge. Die über 100 Angreifer schafften es, die acht Polizei-Raumschiffe einzukesseln. „Jetzt hilft nur noch ein Stoßgebet.", rief Marshal Clinton.

Plötzlich erfasste alle Raumschiffe eine Stoßwelle… aus dem Universum heraus in das Omnium hinein. Der Professor erreichte, dass die Glocke, die der Chromoswellen-Generator aufbauen konnte, als gewaltige Welle in eine Richtung ausgestrahlt werden konnte. Über L-Com empfingen die STAR MARSHAL-Raumschiffe den Code, um nicht von der Verzerrung erfasst zu werden. Auf den gegnerischen Schiffen lief nun alles in Superzeitlupe ab. Endlich konnte Marshal Greg Gains sagen: „ Im Namen des

Gesetztes des STAR MARSHAL OFFICE! Ihr seid verhaftet, legt die Waffen nieder und ergebt euch!"

Ob die Angreifer etwas hörten oder nicht. Es war der obligatorische Spruch eines Marshals. Die Angreifer waren nicht mehr in der Lage sich zu wehren. „Wir werden mit den Körpertransportern eines ihrer Schiffe entern. Da fällt mir ein, der damalige Deputy und heutige Marshal Fenston hatte ganz schön die Hose voll, als Stan Thor und Korogon den Zielort so gut wie möglich schätzten. Ja, unser Stan Thor, wo auch immer du jetzt bist…", flachste Greg Gains. Nun, es müsste heißen „wann, nicht wo", aber das wissen nur wir Leser vom Teil 1 der STAR MARSHAL-Serie.

Marshal Gains führte den Außeneinsatz an. Auf den Schiffen angekommen erschraken alle. Kein Sauerstoff, kein Lebenssignal. Maschinen taten ihren Dienst. Sechs Arme und drei Beine, einen Kopf, geformt wie eine nach oben geöffnete Satellitenantenne. Es schien, als wenn jede Maschine darüber Befehle empfangen könnte. In ihrer Zeitrechnung bewegten sich die Maschinen natürlich ganz normal. Auf einem ihrer Monitore war ein Fadenkreuz auf die STAR MAR 31 ausgerichtet. Der mechanische Finger einer Maschine steuerte langsam auf den Feuer-Knopf zu. Marshal Stark schlug ihn gleich ab. „Wir durchforsten ihren Computer, wir brauchen Informationen.

Schließt die Übersetzungsmodule an.", befahl Greg Gains. Anstatt Informationen, erhielt Marshal Gains einen Hilferuf. Aus dem Übersetzungsmodul kam: „Hallo, bitte helft mir. Wir sind die Moronen. Wir sind Lebewesen aus der Morontz, ihr sagt Galaxis dazu. Es gibt unzählige Morontzen, oder in eurer Sprache Galaxien. Wir waren ein hochtechnisiertes Volk. Irgendwann

begannen unsere Roboter zu denken, zu kombinieren und gegen
uns zu kämpfen. Nun brauchen sie unsere Gehirne. Wir müssen
alles speichern, jede grausame Tat der Roboter. Sie wollen euer
Universum erobern. Sie wollen euch vernichten. Sie nennen sich
in eurer Sprache „Invasoren der künstlichen Intelligenz". Ihr müsst
uns vernichten, unbedingt."

„Dann bist du also ein Individuum?", fragte Marshal Gains.
„Korrekt, ich war Wissenschaftler, hatte 18 Kinder. Mein Name ist
Rem. Auf jedem Raumschiff befindet sich ein Individuum. Es reicht
aber nicht, wenn ihr nur uns vernichtet. Ihr müsst die Roboter
ebenfalls vernichten, ansonsten laufen sie Amok gegen euer
Universum.", ertönte es aus dem Sprachenmodul. „Wir haben
nicht die Macht dazu. Hilf uns und wir helfen dir. Wo ist dein
Aufenthaltsort?", fragte Gains. „Ich befinde mich im Computer-
und Maschinenraum."

„Marshal Gains an Professor Greg, bitte kommen sie zu folgenden
Koordinaten."

Der Professor traf ein. Nun überlegten alle, wie Rem gerettet
werden konnte. „Wir haben die Möglichkeit, einen Geist, dessen
Denken oder auch dessen Seele in Plasmazellen einzubinden.
Auch dort ist unser Sprachenmodul integriert.", so der Professor.
Rem war einverstanden. Techniker und Ärzte der LIVER ONE
ummantelten Rem mit Plasma. Sofort wurde er auf die LIVER ONE
gebracht und in eine Plasmazelle integriert. Rem wusste, dass es
keine andere Möglichkeit gab, er starb sowieso, wenn er im
Raumschiff der Roboter geblieben wäre. Im Plasma war er nun in
einer anderen Dimension. In der Dimension der Verstorbenen.
Aber es ist ja nur der Übergang vom feststofflichen Körper zum
feinstofflichen Geist. Sofort hatte Rem Kontakt zu seinen bereits

vor langer Zeit verstorbenen Freunden und Familien.
Überglücklich sprach er nun: „Keine Bomben können die
Roboterschiffe vernichten. Aber ihr habt etwas, was es bei uns
nicht gibt... Rost. Belasst die Schiffe in dem jetzigen Zustand, es ist
wie ein Schlafmodus. Überflutet dann alles mit Wasser, pumpt es
ab und flutet alles mit Sauerstoff. Alles im Schiff wird nun rosten
und verrotten. Aber dann müssen wir in mein Universum fliegen
und die Maschinen auf meinem Heimatplaneten vernichten, denn
es werden neue Invasoren folgen."

„Einsatzbesprechung auf der LVER ONE.", verkündete Marshal
Greg Gains. „Wir haben einen neuen Freund gefunden, es ist Rem
von einer anderen Galaxis, man nennt sie Morontz. Rems Kultur
wurde durch Maschinen vernichtet. Diese Maschinen versuchen
nun in unsere Galaxis einzudringen. Sie haben bereits alles
gescannt und wollen diese Informationen nun auswerten. Früher
oder später stehen sie vor unserer Tür... sie klopfen nicht... sie
vernichten. Mit Rems Hilfe werden wir sie vernichten. Zunächst
müssen wir ihre Schiffe mit Wasser fluten."

Sofort begann die LIVER ONE Kometen einzusammeln. Mit Hilfe
der Körpertransporter überflutete man nun die gegnerischen
Raumschiffe. Rund um die Uhr arbeiteten die Transporter. 186
Kometen waren nötig, um die Schiffe randvoll zu füllen. Nun
wollten sie mit den Strahlenkanonen Löcher in die Außenhaut der
Schiffe schießen, aber wie es Rem bereits sagte, die Schiffe waren
unzerstörbar. Also musste alles Wasser wieder durch die
Körpertransporter abgefüllt werden. Es war herrlich anzusehen,
wie sich im leeren Raum neue Eisblöcke bildeten. Durch die
Schwerkraft klebten sie förmlich an den Roboterschiffen. „Wir
müssen Sauerstoff von unseren Lebenserhaltungssystemen in die

Roboterschiffe pumpen. Hoffentlich reicht es für den Rückflug für uns.", meinte Marshal Lynn. „Ich schätze, es wird knapp.", flachste Gains. „Was? Wir schätzen wieder? So wie damals?", erschrak Fenston. „Spaß, mein Freund. Es war wie damals ein Spaß. Es reicht dicke, versprochen.", so Gains. Vier Monate dauerte diese komplette Aktion. Niemand wusste, ob die nächsten Roboterschiffe bereits im Anflug waren. Aber die Arbeiten mussten korrekt ausgeführt werden. Dann war es endlich so weit. Die acht STAR MAR-Schiffe formierten sich um die LIVER ONE. Der Chromoswellen-Generator wurde aktiviert. Der Raum wurde bis auf die höchste Stufe gestaucht, nun schoss die Formation mit Lichtgeschwindigkeit durch den leeren Raum, durch das Omnium, bis zum nächsten Universum.

Von weitem sahen alle eine eher rötliche Galaxis, von Rem „Morontz" genannt. Es deutete alles darauf hin, dass diese Galaxis älter war. Sofort begann der Professor mit seinen Messungen. Nun war es nur noch ein kleiner Weg bis zu Rems Heimatplanet. Rem selbst hatte ihn schon Jahrzehnte nicht mehr gesehen, denn sein Gehirn wurde ja in ein Raumschiff der Roboter gepflanzt.

„Das Ziel wird in 8 Zentilonen nach Sternenzeit erreicht werden.
Die Raumzeitstauchung wird nun der normalen Raumzeit
angepasst.", meldete der Zentralcomputer der LIVER ONE wieder.

Kurz vor dem Zielplanet löste sich die Formation auf. Die LIVER
ONE blieb wieder versteckt. Die STAR MAR-Raumschiffe
schwärmten aus. Mit den eingebauten Projektoren projizierten
die Raumschiffe leeren Raum, so konnten sie nicht erkannt
werden. Rem war über den Anblick seines Heimatplaneten sehr
traurig: „Es gibt keine Städte mehr, nur noch Fertigungshallen. Ich
sehe auch keine Lebewesen mehr. Meine Art ist vernichtete
worden. Wenn ich doch nur wüsste, wie ich euch helfen könnte.
Die robuste Mechanik ist nicht zu zerstören. Rost hilft nun leider
nicht mehr."

Hat der Schöpfer von Allem versagt. Entwickelte sich eine noch
höhere Macht, eine unzerstörbare Macht etwa? Das kann und
darf nicht sein. Der Professor überlegte mit seinem Team: „Ein
Urknall erschuf ein Universum. Nun müssen wir sagen, ein
Urknall, es heißt nicht mehr, der Urknall. Denn nun wissen wir,
dass es viele Universen gibt. Alles ist im Omnium. Was vernichtet
eine ganze Galaxis? Es ist ein Schwarzes Loch. Was wird ein ganzes
Universum vernichten? Es sind viele Schwarze Löcher. Was
passiert in einem Schwarzen Loch? Bislang können diese Frage nur
Lydia Gohr und Marshal Stan Thor beantworten. Und die gelten
als verschollen. Ist ein Schwarzes Loch nun das Ende der Existenz
von Materie oder der Durchgang zu einer anderen Dimension?
Wenn ein Körper in ein Schwarzes Loch gerät, so wird er zerlegt.
Der Geist soll sich laut Theorie trennen und in eine andere
Dimension wiederfinden. Rem, ich frage dich, siehst du in deiner
jetzigen feinstofflichen Welt Lydia und Stan?" „Nein, ich kann sie

nicht erkennen.", antwortete Rem in der Plasma-Box. „Also könnten sie noch leben. Da ist die Frage, wo oder wann?", sagte Deputy Norgon. „Fassen wir zusammen. Mit unseren Strahlenwaffen können wir nichts ausrichten. Mit Wasser können wir den Planet nicht überfluten. Dann muss ein Schwarzes Loch beenden, was durch den Urknall in diesem Universum schiefgelaufen ist.", so der Professor. „Das nächste Schwarze Loch ist 200000 Lichtjahre entfernt. In unserem Universum sind die Entfernungen geringer. Auch das zeigt, dass dieses Universum sich dem Ende nähert. Viele Schwarze Löcher haben sich bereits selbst geschluckt.", meinte Norgon. „Und wie wollen wir den Roboterplanet in ein Schwarzes Loch befördern?", fragte Rem. „Wir müssen durch die Chromoswelle die Raumzeit so stark krümmen, dass der Planet durch das Schwarze Loch angezogen wird. Nur müssen wir den Generator genau zum richtigen Zeitpunkt ausschalten, sonst werden wir mit hineingezogen. Gehen wir an die Arbeit, es gibt viel zu berechnen.", so der Professor.

Marshal Gains flog mit seiner STAR MAR-Flotte immer näher auf diesen Maschinen-Planet zu. Es gab scheinbar keinen Alarm. Also beschloss er mit vier Marshals auf dem Planet zu landen. Sie registrierten eine Start- und Landeeinrichtung für Raumschiffe. Darum herum riesige Hallen, in denen wahrscheinlich die Raumschiffe gefertigt werden. Alles schien etwas eigenartig zu sein. Entweder waren diese Roboter sich total sicher darüber, dass keine Macht größer ist und sie angreifen kann. Oder sie rechnen nicht damit, dass es jemand versucht und haben kein Alarmsystem. Bis auf 500 Meter flog die STAR MAR 17 eine Halle an. Jetzt wurden Marshal Gains, Marshal Korogon, Marshal Stark und Marshal Wegros mit den Körpertransportern auf das Dach

einer Halle gebracht. Mechanische Geräusche waren zu hören.
Die Roboter selbst kommunizierten nicht über Sprache. An der
Decke hing eine Art Satellitenschüssel, nach unten gerichtet. Die
Roboter haben Satellitenschüsseln, wie Köpfe, nach oben
gerichtet. Das schien die Zentrale Kommunikation zu sein. Jede
Fertigungshalle ist nach dem gleichen Prinzip aufgebaut. Der
Scanner der STAR MAR 17 zeigte um den Planet herum etwa 21
Millionen Basen. Ja, das Wort Invasoren ist genau richtig. Eine
Übermacht, der kein Planet, keine Galaxis und auch kein
Universum standhalten kann. Marshal Gains schloss ein
Sprachenübersetzungsmodul an die Schüssel unter der Decke an.
Die Marshals hingen an Stahlträgern und beratschlagten. „Es gibt
keine Kabel, es gibt einfach keine Angriffspunkte.", flüsterte Stark.
Während sie weiterplanten und lediglich Vermutungen aufstellen
konnten, meldete sich das Übersetzungsmodul: „Frequenz und
Code gefunden und eingerichtet… die Übertragung beginnt…
Roboter 6787… die letzten vier Gehirne sind in fertiggestellte
Raumschiffe zu integrieren. Wir haben noch keine Rückmeldung
unserer Außenraumschiffe erhalten. Die letzten vier mit Gehirnen
bestückten Raumschiffe sollen zu den Koordinaten des
gescannten Universums fliegen. Wir benötigen dringend weitere 6
Milliarden Gehirne um unsere Raumschiffe erfolgreich zur
Invasion aller Universen im Omnium zu führen. Niemand wird sich
uns in den Weg stellen können. Wir sind die Macht und die
Schöpfung.“

Versteinert sahen sich die Marshals an. „Das ist also der Grund,
sie wollen unsere Gehirne als Speichermedium.", sagte Korogon.
„Ja, noch sind die Gehirne, die von der Natur oder Gott erschaffen
wurden, besser als jede Maschine. Aber ich will nicht in einen
Maschinenkörper und ewig ohne Gefühle leben. Wir brauchen

einen Plan.", forderte Gains. „Marshal Gains an Professor Greg.
Wie sieht es bei euch aus?" „Hier Professor Greg auf der LIVER
ONE. Wir arbeiten an einem Plan. Verschafft uns Zeit." „Wie
sollen wir das schaffen? Die vier Raumschiffe werden gerade mit
den Gehirnen bestückt, dann starten sie.", fragt Korogon. Noch
ehe er weiter reden konnte, stürzte Marshal Wegros gewagt in die
Halle und rief: „Ein Leben für Milliarden!" Sofort schoss er auf
eines der Gehirne. Vor den Augen der Marshals wurde Marshal
Wegros auf eine Bahre gelegt und festgeschnallt. Jetzt öffneten
die Maschinen den Schädel von Wegros. Er schrie vor Schmerzen.
Nach zwei Minuten hatten die Roboter das Gehirn und brachten
es zu einem der vier Raumschiffe. Wegros Körper war noch nicht
gestorben. Die Roboter ließen ihn einfach auf der Bahre liegen.
Arme und Beine strampelten. Mit einem gezielten Schuss töte
Marshal Gains den Körper seines Kollegen. Die vier Raumschiffe
waren bereit für den Start in Richtung gescanntem Universum.

Die drei Marshals konnten nicht eingreifen. Sie mussten tatenlos
zusehen, wie ihr Freund nun zum menschlichen Speicher eines der
Raumschiffe wurde. „Lasst uns zu unseren Raumschiffen
zurückkehren, hier können wir nichts ausrichten.", sagte Marshal
Gains.

Die Maschinen-Raumschiffe starteten. „Was passiert da bei
euch?", fragte der Professor über L-Com ganz aufgeregt.
„Professor, wir haben Marshal Wegros verloren. Er ist jetzt in
einem der Maschinen-Raumschiffe. Wir werden sie verfolgen. Sie
fliegen zu unserem Universum.", sagte Gains. Rem meldete sich
sofort zu Wort: „Es tut mir um euren Freund sehr leid, aber ich
verstehe was er vorhat. Er wird versuchen, die eigenen Schiffe zu
vernichten. Ihr müsst ihm Zeit verschaffen, denn es öffnet sich

demnächst ein Wurmloch, das die vier Schiffe in die Nähe eures Universums bringt." „Ja, Zeit verschaffen, das hat schon einmal nicht geklappt. Ich gehe gleich zum Kaufmann und kaufe eine Tüte davon.", flachste Gains. Sofort nahmen die acht STAR MAR-Raumschiffe die Verfolgung auf. Plötzlich meldete sich über L-Com eine Stimme: „Hier Wegros, ich bin immer noch Marshal der vereinigten Planeten. Ja Freunde, ich lebe. Ich denke… also bin ich. Die Waffen auf den Maschinenschiffen basieren auf „Materie zu Energie-Umwandlung". Das heißt, der abgesandte Strahl wandelt ein Raumschiff oder einen Planet in Energie um, die die Maschinenraumschiffe aufnehmen und verarbeiten. So sind sie unangreifbar und ewig. Es ist ein Todesstrahl. Ich versuche die anderen mit den eigenen Waffen zu schlagen, aber ihr müsst mich dann vernichten. Ich werde bestimmt erkannt und getötet. Denkt daran, jedes einzelne Maschinenraumschiff kann eine Bedrohung für alle Universen im Omnium sein."

„Hier Professor Greg. Marshal Gains, wir trennen uns nun. Meine Berechnungen sind bald fertig. Mit der LIVER ONE werden wir uns um den Maschinenplaneten kümmern. Ihr müsst die vier Schiffe erledigen. Ich habe keine Ahnung wie. Ich weiß auch noch nicht, ob unser Auftrag zu erledigen ist. Aber die 128 Planeten, die dem STAR MARSHAL-Office unterliegen, werden es uns danken. Vielleicht sogar unser Universum. Viel Erfolg für uns alle."

Die LIVER ONE blieb weiterhin versteckt und arbeitete an dem Plan, den Maschinenplanet in ein Schwarzes Loch zu lenken. Die acht STAR MAR-Raumschiffe verfolgten die vier Maschinenschiffe.

„In 2 Millionen Kilometern öffnet ein Wurmloch. Ich greife nun meine Schiffe an.", ertönte es aus dem L-Com. Wegros manipulierte die eigene Crew. Er suggerierte ihr, dass Feinde auf

den anderen Schiffen sind und diese nun vernichtet werden
müssen, um die große Invasion nicht zu gefährden. Der erste
gezielte Schuss auf eines der Maschinenschiffe und es löste sich
komplett auf. Die freigewordene Energie absorbierte Wegros
Maschinenschiff in gewaltigen Kondensatoren. Die beiden
übriggebliebenen Schiffe bemerkten den Verlust und schossen
nun auf Wegros. Wegros wurde als Star Marshal als Taktiker
ausgebildet. Jetzt flog er taktische Manöver, wobei die Gehirne
der beiden anderen Schiffe lediglich als Speicher missbraucht
wurden. Es wurde eine Strahlenschlacht. Die STAR MAR-
Raumschiffe mussten in Deckung gehen. Solch eine Feuerkraft hat
noch niemand gesehen. Plötzlich öffnete sich das Wurmloch.
„Marshal Ustinov, fliege mit der STAR MAR 45 hinein und schließe
es am Ende mit den Strahlenkanonen. Feuere alles was das Schiff
hergibt ab, damit der Kanal für immer geschlossen bleibt.", befahl
Marshal Gains. Die STAR MAR 45 flog hinein. Kurze Zeit später
brach das Wurmloch zusammen.

Wegros Schiff wurde leicht getroffen. Eines der anderen Schiffe
taumelte durch den Raum. Das andere Maschinenschiff war noch
voll intakt. „Hier Gains, feuert auf das taumelnde Schiff… gebt
alle… Feuer frei!" Alle sieben STAR MAR-Schiffe feuerten. Jetzt
endlich war das Maschinenschiff verletzbar. Es schmolz zu einem
Eisenklumpen im Raum.

Zwischen Wegros Schiff und dem noch übriggebliebenen
Maschinenschiff kam es zu einem Showdown. Beide Schiffe lagen
sich im Raum gegenüber. Wegros Schiff war angeschlagen. „Wir
müssen Marshal Wegros helfen. Schaltet die Projektoren ein und
projiziert Maschinenschiffe in den Raum.", befahl Marshal Gains.
Sieben weitere Maschinenschiffe waren nun zu sehen. Sie

richteten sich alle gegen Wegros Maschinenschiff. Man könnte denken, dass alles gegen das abtrünnige Schiff getan würde. Aber der Taktiker Wegros kannte ja seine Weggefährten.

Er lud ein letztes Mal die Waffe und setzte zum finalen Schuss an.

In der Zwischenzeit waren die Berechnungen für Professor Isaak Greg abgeschlossen. Die LIVER ONE flog auf den Maschinenplanet zu. Auf dem Planet begann ein hektisches Treiben. Viertausend Schiffe wurden ohne Speichercomputer, sprich Gehirne, bereitgestellt. Die Roboter sollten eigenständig handeln. Ohne Hauptcomputer hatten sie keinen Kontakt zum Zentralcomputer auf dem Planet, aber auch keine Taktik und Koordination. Sie waren einfach nur brutal, machtbesessen und dumm. Es wurde ein Rennen mit der Zeit. Die LIVER ONE war nun nah genug am Planet. Der Chromoswellen-Generator wurde aktiviert. Die neuen Berechnungen und Einstellungen schienen zu funktionieren. Der ganze Planet war nun innerhalb der Chromoswellen-Glocke. Langsam faltete sich der Raum. Der Planet bewegte sich natürlich nicht, dazu fehlt es an Gravitation und Energie. Auf den Instrumenten sah man das 200000 Lichtjahre entfernte Schwarze Loch. Jetzt stauchte der Professor den Raum extrem. Die Schiffe auf dem Planet wurden auf die Startbahnen geschleppt. Es sah nicht so aus, als wenn die Zeit der LIVER ONE reichen würde. Die Aufregung war groß. Wenn nur eines der Maschinenschiffe starten und nur einen Schuss auf die LIVER ONE abfeuern würde, wären alle vernichtet.

Noch 110000 Lichtjahre sind zu überbrücken. Auf dem Planet standen nun 6 Raumschiffe bereit.

„Holt mehr aus dem Generator heraus!", rief der Professor.

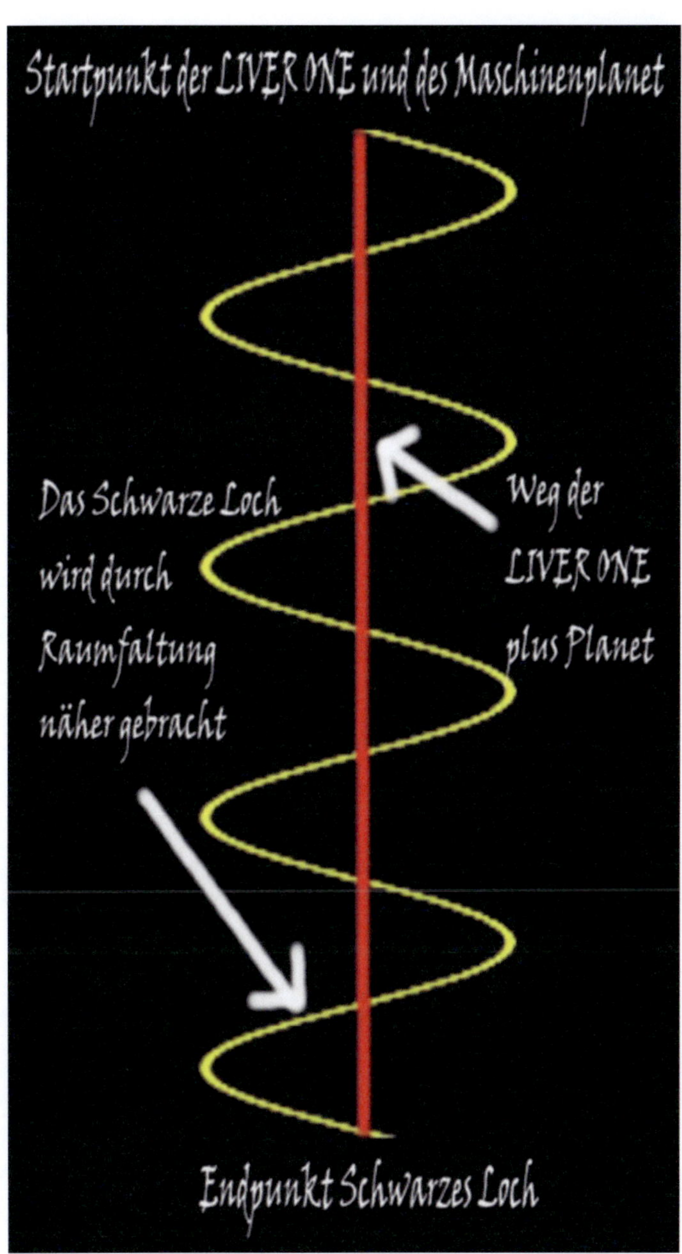

Startpunkt der LIVER ONE und des Maschinenplanet
Das Schwarze Loch wird durch Raumfaltung näher gebracht
Weg der LIVER ONE plus Planet
Endpunkt Schwarzes Loch

Noch 75000 Lichtjahre… die Raumschiffe der Roboter bekamen Starterlaubnis… noch 52000 Lichtjahre… das erste Maschinenschiff hob ab… 44000 Lichtjahre waren noch zu überbrücken… das zweite Maschinenschiff hob ab… die Raumschiffe steuerten direkt auf die LIVER ONE zu. Plötzlich liefen Minuten in Plank-Einheiten ab. Die Planck-Zeit ist der kleinste Zeitablauf in der Physik. Die Maschinenschiffe feuerten einen Strahl ab. Der kam nun Millimeter um Millimeter auf die LIVER ONE zu. Jeder Druck auf einen Schalter dauerte eine Ewigkeit. Der Computer auf der LIVER ONE meldete sich: „Daaas Zieeel wiiird iiin aaacht Zentiiiloooonen naaach Steeerneeenzeiiit eeerreiiicht weeerdeeen. Dieee Rauuumzeeeitstauuuchuung wiiird nuuun deeer nooormaaalen Rauuumzeeeit aaangepaaasst." Aber die LIVER ONE reagierte nicht. Es waren nur noch 18000 Lichtjahre zu überbrücken. Das Schwarze Loch kam gefährlich näher. Der Finger des Professors kam dem Schalter für GENERATOR AUS nur um Millimeter näher. Es war eine Frage der Zeit, wer oder was war schneller? Der zerstörerische Energiestrahl der Roboter? Die Anziehungskräfte des Schwarzen Lochs? Oder der Finger des Professors? Noch 9000 Lichtjahre…

Noch 7000 Lichtjahre… 5000 Lichtjahre… 1000 Lichtjahre… nun wirkte die Anziehungskraft des Schwarzen Lochs gewaltig. Der Finger des Professors war nur noch 2 mm vom Schalter entfernt. Der Todesstrahl eines Raumschiffs hatte noch 5 cm vor sich. Jetzt waren alle im Einzugsbereich des Schwarzen Lochs. Im gleichen Augenblick drückte der Professor den Schalter… gleichzeitig traf der Todesstrahl auf die LIVER ONE und hinterließ einen etwa 20 cm tiefen Kratzer entlang der gesamten Außenhülle. Der Planet wurde ins Schwarze Loch gezogen. Sofort veränderte der Professor die Gravitationswelle. Jetzt wurde sie gestreckt. Das

Schwarze Loch entfernte sich. Der Planet war vernichtet. Die LIVER ONE flog eine riesige Schleife und setze die Chromoswelle wieder ein, um zum Vereinigungsstandort mit den sieben STAR MAR-Raumschiffen zu gelangen. „Glückwunsch Herr Professor.", gratulierte Marshal Gains über L-Com. „Auch euch beglückwünsche ich, alle haben ihr Bestes gegeben.", antwortete der Professor.

Alle Raumschiffe trafen sich zum Rendevous. In dem Augenblick, in dem der Planet vernichtet wurde, brach auch der Befehlseinsatz zu Wegros Maschinenschiff ab. Die Roboter reagierten nun nur noch auf die Befehle von Marshal Wegros. Zusammen formierte man sich und flog in Richtung heimatliches Universum. Kurz vor dem Eintritt trafen sie auf die STAR MAR 45 mit Marshal Ustinov, der das Wurmloch außer Gefecht setzte. Gemeinsam ging es nun in Richtung Milchstraße. Glücklicher Weise gab es keine Verluste. Marshal Wegros war nun in einer anderen Dimension, konnte aber mit allen kommunizieren. Ein neuer Freund wurde mit Rem gefunden, ebenfalls aus einer anderen Dimension. Außerdem bringen sie noch ein Maschinenschiff mit.

Nach 28 Tagen kamen alle wieder in das heimische Sonnensystem. Der Chromoswellengenerator stauchte die Wegstrecke bis aufs Äußerste. „Marshal Greg Gains an STAR MARSHAL OFFICE-Hauptquartier auf dem Mars, bitte melden." „Hier Hauptquartier, wir freuen uns auf ihren grandiosen Erfolg."

Deputy Norgon sagte: „Oh, wir haben immer noch den Generator auf Planetengröße eingestellt, das war gefährlich." Plötzlich trafen zwei Todesstrahlen die STAR MAR 48 und STAR MAR 44. Die Mannschaften wurden sofort getötet, auch Marshal Lynn.

Marshal Wegros flog blitzschnell eine Schleife und griff die im Schlepptau gewesenen beiden Roboter-Raumschiffe an. Vom Mars-Hauptquartier feuerte man aus allen Rohren. Sofort stiegen weitere 11 STAR MAR-Raumschiffe auf. „Marshal Gains an alle! Nicht schießen! Wir laden nur ihre Kondensatoren auf, dann sind sie noch mächtiger!" Mit eingeschränkter Feuerkraft versuchte Wegros mit seinem erbeuteten Maschinenschiff alles herauszuholen.

Plötzlich waren die beiden ungebetenen Gäste verschwunden. Auch die LIVER ONE war verschwinden. Geistesgegenwärtig schloss der Professor die LIVER ONE und die Maschinenschiffe ein und startete mit eingeschaltetem Chromoswellen-Generator in Richtung des nächst gelegenen Schwarzen Lochs. 26000 Lichtjahre ist es von der Erde entfernt. Wieder gab es das gleiche Phänomen. Wieder lief alles mit der Planck-Zeit ab. Die Maschinenschiffe schossen ihren Todesstrahl ab. Der Professor hatte nun aber bereits den Finger auf dem Schalter. Noch 8000 Lichtjahre… wieder kamen beide Todesstrahlen näher… noch 4000 Lichtjahre… noch 1000 Lichtjahre… die gewaltigen Anziehungskräfte reagierten auf die LIVER ONE. Der Professor drückte den Schalter… die LIVER ONE flog einen Bogen und die Maschinenschiffe wurden vom Schwarzen Loch angezogen. Wieder gab es einen 50 Meter langen Streifschuss an der Außenhaut der LIVER ONE.

Zurück zum Mars, sah Marshal Gains die Streifschüsse an der Außenhaut der LIVER ONE und flachste: „Na, mit Smart Repair ist da wenig zu machen."

Tage später wurden alle zu General Jackson eingeladen. „Ich beglückwünsche alle zu diesem großartigen Erfolg. Sie haben nicht nur unsere Milchstraße gerettet, auch nicht nur unsere Galaxis, nicht nur unser Universum, sondern das gesamte Omnium.

Ich verleihe allen den STAR MARSHAL-Sonderorden, gestiftet von allen 128 Planeten. Und ihnen, sehr geehrter Herr Professor Isaak Greg, den Ehren-Marshal-Stern.

Und ein herzliches Willkommen unserem neuen Freund aus der fernen Galaxis… Rem!“

Rem und Wegros wurden Freunde und teilten sich die Aufgaben auf dem erbeuteten Maschinen-Raumschiff. Es wird nun in die gesamte Flotte der STAR MAR-Raumschiffe integriert. In Gedenken an den verschollenen Marshal Stan Gohr wurde das Schiff STAR THOR genannt.

…………………ENDE………………

STAR MARSHAL
ab dem 1. 1. 2016
im Buchhandel

SYLT IM JAHR 2495

TEXITRON-STRAHLEN BEDROHEN DIE ERDE

ISBN 9-78383-9-13878-6

AUS DER  **SERIE**

Wir schreiben das Jahr 2495. Die Insel Sylt ist lange schon gerettet. Das Weltklima ist konstant. Sand wird über unterirdische Kanäle vom Festland aus auf die Insel gepumpt. Mittlerweile ist der Hindenburgdamm vierspurig. Die Insel ist breiter geworden. Sylt hat die nördlichsten Start- und Landeplätze in Deutschland für Raumschiffe. Am Strand von Westerland sieht man die Hüter des Gesetzes, die Star-Marshals, beim Sonnen. Das war vor ein paar Wochen noch nicht so.

Rückblick:

Nun wurde endlich das lang geheim gehaltene Projekt „Hanger X1" eingeweiht. Mittlerweile existieren 9 Raumschiffbasen um Sylt herum. Laut den Geschichtsbüchern plädierte das Wissenschaftspaar Dr. Lydia und Dr. Sven Thorsten bereits 2027 dafür, vor Sylt Start- und Landeplätze für zukünftige Raumschiffe zu errichten. Beide waren maßgeblich an der Entwicklung eines ersten Raumschiffs beteiligt. Das Raumschiff EUROPA 1 flog regelmäßig zur Mondkolonie. Die Kinder des Ehepaares Thorsten waren genauso erfolgreich mit den Raumschiffen EUROPA 2 und UNION 100. Dieser rote Faden zog sich durch die gesamte Familiengeschichte der Familie Thorsten. Sie waren es auch, die mit Hilfe von Sponsoren ein kleines Unterwasserforschungslabor erbauten. Nach den ersten Erfolgen schalteten sich alle Nationen ein und unterstützten das Projekt. Heute ist HANGER X1 eine Raumschifffertigungshalle und liegt vor Westerland.

General Jackson flog extra vom Mars zur Erde, um das neue Raumschiff GALAXY einzuweihen. Noch lag es unter der Meeresoberfläche im HANGER X1. Die letzten Raumschiffe starteten zu ihren Missionen. Ankommende Raumschiffe landeten auf einer der vor Sylt gelegenen Raumschiffbasen. Langsam wurde HANGER X1 geflutet. „Es wird drei Stunden dauern, bis HANGER X1 komplett geflutet ist, General.", sagte der verantwortliche Ingenieur zu General Jackson. „Ich danke ihnen. Dann werde ich mit den Marshals im Restaurant SEEKÖNIG in Westerland noch einmal die Feierlichkeiten besprechen.", antwortete der General.

Im Restaurant unterhielten sich die Marshals mit dem General über die Entwicklung der Insel Sylt. Allen fiel auf, nachdem sie die Geschichte der Insel studiert hatten, dass das Ehepaar Lydia und Sven Thorsten maßgeblich daran beteiligt waren, dass Sylt heute so aussieht, wie es aussieht. Viel wurde für den Küstenschutz geleistet. Durch riesige Röhren wird ständig Sand vom Festland aus auf die Insel gepumpt. Sylt besitzt mittlerweile 9 Start- und Landetürme für Raumschiffe.

Die Insel ist immer noch das Aushängeschild für etwas ganz
Besonderes. War es in den 1970'er Jahren die berühmte Whiskey-
Meile, so ist Sylt heute Vorreiter für Raumschiff-Technik. Und
dazu hat die Familie Thorsten über Generationen hinweg
mitgewirkt, wenn nicht gar alles gelenkt. Sie waren es auch, die
frühzeitig vor Meteoriteneinschlägen in der Zukunft gewarnt
haben. Und heute ist es nun so weit, das Raumschiff GALAXY wird
in knapp 3 Stunden starten, um die ersten Asteroiden abzufangen.
In den nächsten 15 Jahren rechnet man mit etwa 1000
Einschlägen. Anders als die STAR-MAR-POLICE-Raumschiffe, ist die
GALAXY nicht auf Geschwindigkeit ausgelegt, sondern auf
Feuerkraft. Es war ein Zufall, dass die Ingenieure einen
Nebeneffekt des Chromoswellen-Generators gefunden haben. Die
Chromoswelle faltet den Raum wie eine Sinuswelle, man nimmt
dann einfach den direkten geradlinigen Weg und überbrückt so
1000 Lichtjahre. Man entdeckte nun, wenn der Generator statt
auf Welle, auf Strahl gestellt wird, dass Materie pulverisiert wird.
Also ideal für ankommende Asteroiden. Trotzdem steht die
GALAXY unter dem Kommando der Marshals. Die Marshals
werden weiterhin vom Mars Hauptquartier für diese Einsätze
beauftragt. Der Grund dafür liegt darin, dass sich hinter jedem
Asteroid ein Angreifer verstecken könnte.

Die Raumschiff-Mannschaft wird von Zeit zu Zeit ausgetauscht. Ob
Russen, Amerikaner, Dänen, Österreicher… jedes Team ist für die
Zerstörung der Asteroiden auf der GALAXY verantwortlich. Das
erste Team stellten die Sylter-Ingenieure. Es begleitete sie das
STAR-MARSHAL-Team um Greg Gains herum. Immer wieder
kamen alle Gesprächsteilnehmer auf das Thema „Marshal Stan
Thor und Captain Lydia Gohr" zu sprechen. Beide gelten nach
einem Einsatz als verschollen. Sie kamen einem Schwarzen Loch

zu nahe. Ob, wo oder wann sie noch leben, niemand weiß es. „Beide erinnern mich sehr an das Ehepaar Thorsten, die ja im Jahr um 1960 hier auf Sylt gelebt haben.", sagte Marshal Korogon. „Reine Spekulation, reine Spekulation.", entgegnete General Jackson. „Das ist richtig. Noch weiß niemand, was passiert, wenn wir uns einem Schwarzen Loch nähern. Gibt es Zeitsprünge? Werden wir ausgelöscht? Vielleicht werden wir es einmal wissen.", warf Marshal Gains ein. Gerade wollten sie weiter sprechen, da verfärbte sich der Himmel blutrot. „General Jackson an Kontrollzentrale Mars B4, bitte melden." Es gab keine Antwort. „Der Kaffeeautomat funktioniert nicht.", sagte die Bedienung. Die Marshals liefen ins Freie. Der Kaffeeautomat war noch das kleinste Übel, denn nichts funktionierte mehr. Jegliche Elektronik ist total ausgefallen. Die Männer gingen an den Strand. Der Horizont, der Himmel, alles ist blutrot. „Was kann das sein?", fragte Marshal Stark. „Seht her, die Wasserpumpe läuft noch.", so Gains. Er hob sie aus dem Wasser und schon funktionierte sie nicht mehr. „Erinnert ihr euch an den Fall auf dem Planet Stella 9? Wir wurden gerufen. Dort funktionierte keine Elektronik, keine Kommunikation, rein gar nichts. Als wir mit unseren STAR-MAR-Schiffen auf den Planet zuflogen, flohen zwei fremde Raumschiffe ins Nichts. Einfach weg waren sie.", erinnerte sich Korogon. „Stimmt. Die fremde Macht sprach von Texitron-Stahlung. Wenn sich der Planet nicht ergeben würde, so drohte man mit der Zerstörung.", sagte Marshal Fenston. „Richtig. Es ging um Ausbeutung von Ressourcen.", so Gains. Zu den Männern am Strand kam der General. „Vorschläge! Was können wir tun?", fragte er. „Wir werden versuchen, dass wir auf die GALAXY kommen. Es wird schwierig. HANGER X1 wird noch geflutet. Über den unterirdischen Kanal müssten wir es schaffen. Vielleicht startet das Raumschiff. Wenn nicht, dann weiß ich auch keinen

weiteren Weg.", erklärte Marshal Gains. „Okay, dann gebe ich
hiermit den Einsatzbefehl RETTUNG DER ERDE!", verkündete
General Jackson. Der Eingang des Tunnels liegt zwischen
Westerland und Wenningstedt. Die Männer machten sich auf den
Weg.

Was ist passiert?

Es handelte sich tatsächlich um TEXITRON-Strahlung. Eine Macht
aus einer fernen Galaxie versuchte an die Ressourcen anderer
Planeten zu gelangen. Die TEXITRON-Strahlung wurde eigentlich
zur Energiegewinnung entwickelt. Aber die Nachkommen der
Entwickler nutzten sie für kriegerische Aktionen aus.
Wahrscheinlich wurde die Erde schon länger beobachtet, denn
auch der Mars wurde mit dieser Strahlung lahmgelegt. Weder
vom Mars, noch von der Erde aus, konnten STAR-MAR-POLICE-
Raumschiffe starten. 4 fremde Schiffe umkreisen nun die Erde und
gaben diese Strahlung ab. Um den Mars kreisten 2 Schiffe.
Strategisch sind die fremden Raumschiffe so aufgestellt, dass sie
eine Glocke um die Erde aufbauten. Das Raumschiff über
Deutschland stand etwa über Berlin. Von dort aus wurde eine
Botschaft in verschieden Sprachen gesendet. Wie ein
überdimensionaler Lautsprecher, mit einer gewaltigen Lautstärke,
wurde verkündet, dass die Führer der Erde ihre Kapitulation
zugeben sollten. Die Menschen konnten sich nur noch die Ohren
zuhalten. Die Straßen waren menschenleer, jeder brachte sich in
Sicherheit. Niemand konnte richtig handeln, niemand richtig
denken. Die Lautstärke war beängstigend. In der Zwischenzeit
waren die Marshals an Bord der GALAXY. „Gut, dass sie hier sind,
Marshal Gains. Wir wussten nicht, ob wir handeln sollten.", sagte

der Führungsoffizier Hansen. Alle Plätze der GAKAXY waren besetzt. Jetzt beratschlagten die Marshals ihre weitere Vorgehensweise. „Ich bin der Meinung, dass die Lautstärke größer wird. Das bedeutet, dass ein Schiff näher kommt.", analysierte Marschal Korogon. „Schade, dass wir kein Periskop auf dem Raumschiff haben.", sagte Fenston. Gains drückte den Knopf für Außenansicht und staunte, dass der Außenmonitor funktionierte. „Wie ist das zu erklären?", fragte Gains. Hansen ist der Meinung, dass vielleicht das Meerwasser die Elektronik auf der GALAXY isolieren würde. Alle schauten gespannt auf den Monitor. Sie sahen, wie das fremde Raumschiff die Negrotronen-Erze aus Berlin und Rostock auf ihr Raumschiff transformierten. „Wo liegen die nächsten Negrotronen-Erze?", fragte Marshal Gains. „In Aberdeen.", antwortete Hansen. „Dann fliegt das Raumschiff wahrscheinlich auch über Sylt, um nach Aberdeen zu gelangen. Somit hätten wir nur eine Chance. Sollte es wirklich so sein, dass das Meerwasser isoliert, dann haben wir nur einen Schuss. Sollten wir dann starten können, fliehen wir zunächst einmal in den Raum.", ordnete Marshal Gains an.

Mit Schuss meint Marshal Gains den Chromoswellen-Generator. Ursprünglich wurde er ja dazu entwickelt, um die Raumzeit wie eine Sinuswelle zu falten. Man kann so auf direktem Weg geradlinig hindurchfliegen. Ein Nebenprodukt des Chromoswellen-Generators ist der zerstörerische Strahl, der alles zu Pulver werden lässt. Gerade diese Methode benötigt die GALAXY, um die Asteroiden zu zerstören. Die Berechnungen haben ergeben, dass auch ein ganzer Planet vernichtet werden könnte. „Wir werden wahrscheinlich nur eine kleine Chance haben, wenn überhaupt. Ich denke, dass wir nur einen Schuss haben, wenn das fremde Raumschiff über Sylt fliegt.", vermutet

Marshal Greg Gains. Die Vorbereitungen konnten beginnen. Der Navigator der GALAXY berechnete den Kurs des fremden Raumschiffs. Führungsoffizier Hansen bereitete den Chromoswellen-Generator vor und programmierte einen eventuellen Blitzstart in den Weltraum, falls dies überhaupt möglich ist. Die GALAXY wurde noch nie getestet. Dann war auch noch die Frage, ob die Elektronik überhaupt funktionierte. Das Raumschiff lag zwar noch unter Wasser, aber wenn es über Wasser ist, was dann? Die Mannschaft ist natürlich extrem aufgeregt. Auf dem Mars und auf der Erde funktionierte absolut nichts mehr. Da auch die Kommunikation über L-Com zu den anderen 128 Verbündeten in der Milchstraße außer Funktion war, konnten sie nicht helfen. Sie konnten es schließlich nicht wissen. Langsam näherte sich das fremde Raumschiff der Insel Sylt. Die extreme Lautstärke der sich immer wiederholenden Botschaft, die die fremden Raumschiffe aussandten, ließ viele Menschen auf der Erde verzweifeln. „Es wird eine Art von Psycho-Terror beginnen. Rund um die Uhr diese extreme Lautstärke, dazu noch der totale Ausfall jeglicher Elektronik. Diese Wesen werden uns mürbe machen. Dann wird die Welt kapitulieren.“, sagte Marshal Stark. „Zeigen die Außensatelliten etwas?“, fragte Greg Gains. „Nichts, absolut nichts. Sie sind ohne Funktion. Wird ihr Kurs nicht korrigiert, trudeln sie auf die Erde zu. Wir haben kein Raumschiff im Einsatz. Diese Ganoven haben den Überfall perfekt geplant. Und wir wissen noch nicht einmal, mit wem wir es zu tun haben.“, ärgerte sich Marshal Korogon. „Das fremde Raumschiff kommt näher!“, rief der Navigator. „Jetzt muss alles genau passen. Wenn die Schussweite erreicht ist, starten wir die Antriebsaggregate der GALAXY, sowie den Chromoswellen-Generator.“, befahl Greg Gains. Jetzt sieht man das fremde Raumschiff. Langsam flog es über Hamburg hinweg, direkt auf Sylt zu. Wie versteinert schauten alle auf den Monitor. Es ist ein riesiges Raumschiff. Etwa 5 Kilometer lang und 2 Kilometer breit. Niemand kennt die Feuerkraft dieser Fremden. Niemand weiß, ob der Chromoswellen-Generator überhaupt funktioniert. Niemand weiß, ob die GALAXY überhaupt funktioniert.

Der Wellengenerator wurde ausgerichtet. Der Daumen von Marshal Gains kommt dem Feuer-Knopf immer näher. Jetzt flog das riesige Raumschiff auf Hörnum zu. Es wurde dunkel. Das Raumschiff verdunkelt die gesamte Insel. 3... 2... 1... FEUER! Marshal Gains drückte den Knopf. Eine nicht sichtbare Welle schlug im gegnerischen Schiff ein. Es begann sich von außen nach innen aufzulösen. Jetzt war sogar der blaue Himmel wieder sichtbar. Der laute Befehl „Kapitulation" verstummte. Gleichzeitig startete Führungsoffizier Hansen die GALAXY. Langsam erhob sie sich aus den Tiefen der Nordsee. Sie tauchte ganz auf und schoss sofort in den Weltraum. Nur wenig später verdichtete sich wieder der Himmel blutrot. Die anderen fremden Raumschiffe bemerkten den Verlust und formierten sich neu. Die GALAXY blieb unbemerkt hinter Pluto versteckt. Jetzt mussten zunächst einmal alle Funktionen des Schiffs überprüft werden. „Marshal, 6 weitere Schiffe fliegen auf unser Sonnensystem zu. Ich habe ihren Weg verfolgt. Die Signatur zeigt deutlich, dass diese Schiffe aus einer benachbarten Galaxie kommen.", so der Navigator. „Sollen wir Hilfe von unseren Verbündeten anfordern, Marshal?", fragte Hansen. „Lieber nicht. Vielleicht überwachen sie den Raum und den Funkverkehr. Es ist sowieso erstaunlich, dass sie uns nicht entdeckt haben.", sagte Marshal Greg Gains. „Wir brauchen einen Plan. Fakt ist, dass wenn sie uns erwischen, wir ebenfalls sofort außer Gefecht gesetzt werden. Lassen wir die 6 Schiffe durch, wird die Ausbeutung auf der Erde schneller vorangetrieben. Wir

sind die einzige Hoffnung für die Erde. Vorschläge?", fragte
Marshal Greg Gains. Der Navigator rief: „Ich habe ihren Kurs
herausgefunden. Diese fremden Raumschiffe kommen aus der
Galaxie D 75 L 775. Das sind etwa 215.000 Lichtjahre." „Das
verstehe ich nicht, wie kommen diese Schiffe hierher? Gibt es
etwas Ähnliches wie unsere Chromoswelle?", fragt Gains. „Nein,
ich finde keine weiteren Signaturen. Aber ich finde etwas
Interessantes. Ich erkenne einen Texitron-Strahl, man kann ihn
leicht übersehen. Er beginnt in der Galaxie D 75 L 775 und strahlt
direkt auf die fremden Raumschiffe, die Erde und Mars
umkreisen.", so der Navigator weiter. „Das ist wirklich höchst
interessant. Man muss sich schließlich fragen, wie kommen diese
Raumschiffe an so viel Energie, dass sie einen ganzen Planeten
lahmlegen können? Wir können folgendes tun: Wir warten, bis die
weiteren fremden Raumschiffe den Pluto passieren, dann
pulverisieren wir sie. Wir starten dann den Chromoswellen-
Generator und fliegen zu dem Planet, von dem aus das Signal
gesendet wird.", schlug Marshal Greg Gains vor.

In der Zwischenzeit waren die fremden Raumschiffe, die die Erde
umkreisten, mit dem Raub der Erze fertig und warteten auf die
anderen Raumschiffe. Diese kamen dem Pluto immer näher.
„Sobald sie nah genug sind, Feuer frei. Dann geht es auf direktem
Weg zur Galaxie D 75 L 775. Alle Plätze belegen. Es kann nicht
mehr lange dauern."

Der Chromoswellen-Generator wurde auf die fremden 6
Raumschiffe kalibriert. „Auf mein Zeichen wird gefeuert.", befahl
Marshal Greg Gains. Es wurde ein Katz und Maus Spiel. Die
fremden Schiffe flogen an Pluto vorbei. Die GALAXY umflog Pluto
und feuerte. Sofort pulverisierten die gegnerischen Raumschiffe.

„Nun fliegen wir sofort zum Ursprung der Texitron-Strahlung.“,
sagte Gains. Der Chromoswellen-Generator wurde wieder
umgestellt. Nun faltete sich der Weltraum vor der GAKXY wie eine
Sinuskurve. Auf höchster Stufe flog die GALAXY geradlinig durch
den gefalteten Raum und benötigte nur minimalste Zeit, um
Galaxie D 75 L 775 zu erreichen. „Vielleicht können wir in Frieden
mit diesem Volk verhandeln?“, überlegte Marshal Korogon. „Es
kann sein, dass sie große Probleme haben.“, warf Marshal Stark
ein. „Wer so aggressiv vorgeht, wird wohl keine Probleme haben,
sondern ist auf Ärger aus. Nein, wir werden höflich anklopfen,
aber dann kommen wir zur Sache.“, sagte Marshal Greg Gains.

„Wir kommen unserem Ziel näher. Ich stelle nun den
Chromoswellen-Generator ab.“, verkündete der Steuermann.
Zunächst umrundete die GALAXY den Planet, von dem der
Texitron-Strahl ausgeht. Die GALAXY fliegt im Tarn-Modus. „Dies
ist der Ursprung des Strahls, der die Erde trifft. Ich orte weitere
2500 Strahlen. Wer weiß, wie viele bewohnte Planeten noch in
Gefahr sind?“, sagte der Wissenschaftsoffizier Heiner Jensen.
„Vorschläge?“, fragt Gains. „Senden wir eine Friedensbotschaft.
Oder vernichten wir gleich diesen teuflischen Planet.“, so Marshal
Korogon. „Wir werden es auskundschaften, Korogon. Volle
Bewaffnung. Wir treffen uns im Körpertransporter. Hansen, an sie
der Befehl, ob wir nun da unten einen Fehler machen oder die
anderen. Egal wer, sie feuern auf den Planeten und vernichten
ihn.“, so Gains.

Auf dem Planet angekommen, erschraken Gains und Korogon.
Maschinenwesen mit mehreren Armen arbeiteten an Geräten und
Raumschiffen. Die Marshals wurden überhaupt nicht bemerkt. Sie
konnten sich frei bewegen. In regelmäßigen Abständen fanden die

Marshals in den Planet eingelassene riesige Rohre. Am Ende der Rohre befanden sich Umlenkspiegel. So konnte ständig die Erde anvisiert werden. Das Analysegerät von Marshal Korogon zeigte an, dass die Quelle dieser Strahlung, der Planetenkern ist. In diesen Rohren musste es noch einen Umformer geben, der aus einer normalen Strahlung einen Todesstrahl polt. Alle Rohre waren gleich aufgebaut. Um den Planet herum zeigten sie in das Universum und gaben ihre Strahlung ab. „Ich erkenne eine Art Zentrale auf dem Monitor. Lass' uns das einmal untersuchen.", schlug Korogon vor. In der Zentrale gab es dreidimensionale Monitore. Es waren etwa 50 Stück, angeordnet in einem riesigen Kreis. In der Mitte des Kreises war ein Energiestrahl zu sehen, der sich dem gewaltigen Texitron-Strahl anschloss. „So kommunizieren sie also untereinander. Pro Texitron-Strahl sind 50 Raumschiffe im Einsatz. 2500 Texitron-Strahle gibt es. Das sind eine unendlich Zahl an Raumschiffen, die in fremden Galaxien, sowie in ihrer eigenen, wildern. Das können wir nicht zulassen. Wir müssen handeln.", sagte Marshal Greg Gains. Korogon schloss das L-Com Kommunikationsgerät an eine ihrer Schnittstellen an. „Was können wir herausfinden?", fragte Gains. „Ähnlich wie bei uns gibt es Geschichtsordner, man kann einen Zeitstrahl abfahren. Ich erkenne, dass die Bewohner dieses Planeten in das Universum flogen, um ihre Rasse zu vergrößern. Hier ist deutlich unsere Erde zu erkennen und der Vorrat an Negratonen-Erze. In einem anderen Planetensystem erkenne ich Gold-Erze, so geht es weiter. Es sind also Räuber im Universum. Schlimmer noch, hier auf dem Bild erkenne ich Sklaverei. Und hier ist ein Bild von ihnen. Einfach nur ekelig. Lass' sie uns auslöschen, Gains.", so Marshal Korogon. „Nein, wir haben einen Schwur abgelegt. Vielleicht ergeben sie sich.", sagte Marshal Greg Gains. „Niemals, das sehe ich ihnen an."

Marshal Grag Gains ließ sich parallel schalten und verkündete:
„Wesen von diesem Planet im Universum. Wir, die Hüter des
Gesetzes, fordern euch auf, die Erde und alle weiteren Planeten
zu verlassen. Ergebt euch." „Nimokoles grendigo, kol lojugrnte.",
ertönte es. „Synchronisiere das L-Com, Korogon.", sagte Gains.
„Bin dabei." Jetzt ertönte es: „Niemals… ihr niedriges Volk!"

Marshal Gains brach wütend die Kommunikation ab und rief die
GALAXY: „Holt uns hoch. Ich habe diese Wesen gewarnt.
Unendliche Planeten werden von ihnen ausgeraubt. Bereitet den
Chromoswellen-Generator vor."

Auf dem Schiff angekommen richteten sie die Welle direkt auf den
Planet. „Feuer!", rief Gains erleichtert. Der Planet wurde
pulverisiert. „Und nun nichts wie zurück. Stellt den
Chromoswellen-Generator auf Raumfaltung ein."

„In wenigen Minuten erreichen wir unser Sonnensystem. Ich
schalte nun den Generator aus.", so der Steuermann. Sie näherten
sich Neptun. Die Monitore zeigten, wie etwa 45 fremde
Raumschiffe die Erde und den Mars angriffen. Die Polizei-
Raumschiffe feuerten aus allen Rohren. STAR MAR 64 und STAR
MAR 44 wurden von den Gegnern kampfunfähig geschossen. Zwar
gab es die Texitron-Strahlung nicht mehr, die die gesamte
Elektronik auf Mars und Erde lahmlegte, aber die Feuerkraft der
fremden Raumschiffe war dennoch groß genug, um die
Menschheit zu vernichten. Die wendigen STAR MAR-Schiffe
konnten noch keines der 45 Raumschiffe vernichten. Sie schafften
es lediglich, dass die Fremden noch nicht die Erde angriffen, was
aber auch nur eine Frage der Zeit war.

„Marshal Greg Gains an Kontrollzentrale Mars B4, bitte melden.“, sagte Gains über L-Com. „Hier General Jackson. Ihr kommt im genau richtigen Augenblick. Ich beglückwünsche euch später dazu, dass ihr die Texitron-Strahlung abstellen konntet, falls es noch dazu kommt. Die Fremden, wir wissen immer noch nicht um wen es sich handelt, sind einfach zu stark. Wenn wir hier noch einmal klarkommen, müssen alle Polizei-Raumschiffe aufgerüstet werden. Und nun zeigt diesen Ganoven, was eine Harke ist.“

Die GALAXY schoss vom Neptun aus direkt auf die Erde zu. Die fremden Schiffe beschossen die GALAXY. „Die Schilde halten. L-Com ist eingeschaltet, Marshal.“, sagte Hansen. Und wie üblich sprach Marshal Greg Gains die Gesetzesbrecher über das Kommunikationsgerät an: „Im Namen des Gesetzes, beendet sofort das Feuer und ergebt euch. Hier spricht die Polizei des Universums.“ Aus dem Übersetzungsmodul im L-Com ertönte es: „Nicht wir ergeben uns, ihr werdet uns dienen, so wie viele tausend Zivilisationen auch. Wir sind die Cremo. Wir werden euer Raumschiff mit unsere Feuerkraft vernichten.“ Noch bevor sich die Schiffe formieren konnten, ging die GALAXY in Angriffsposition. „Ahhh, jetzt wissen wir endlich was wir auf ihre Grabsteine schreiben müssen… Cremo also. Es gibt keine weitere Warnung. Chromoswellen-Generator einschalten und auf Energiestrahl stellen. Feuern wenn bereit.“, befahl Marshal Greg Gains.

Wie Duellisten kamen sich die Raumschiffe der Cremo und die GALAXY näher. Der Generator war geladen. Hansen stellte sofort von Wellenausdehnung auf Energiestrahl um und feuerte auf jedes fremde Schiff. Den fremden Raumschiffen fehlte natürlich nun ihre Texitron-Strahlung. Gegen die GALAXY hatten sie keine

Chance. Nach wenigen Minuten war die gesamte Flotte der Cremo ausgelöscht.

Langsam kehrte Ruhe auf dem Mars und der Erde ein. Im Hauptquartier traf man sich zu einer Besprechung. „Marshal Gains, das war ein perfekter Einsatz von ihnen, ihrer Mannschaft und der GALAXY. Wir alle sind ihnen sehr dankbar.", verkündete General Jackson. „Es ist in der Hauptsache der Chromoswellen-Generator. Ohne ihn sind wir als Weltraum-Polizei machtlos.", sagte Marshal Greg Gains.

Die gesamte Polizei-Raumschiffflotte wurde mit dem Chromoswellen-Generator aufgerüstet. Wieder ein Schritt für mehr Frieden im Universum.

Und heute ist die Welt wieder in Ordnung. Zurzeit amüsieren sich die Marshals des Universums am Strand von Westerland und schauen auf die startenden und landenden Raumschiffe. Die GALAXY liegt wieder unter Wasser im Hanger X1 und wartet auf den nächsten Einsatz im Universum oder außerhalb im Omnium.

………………ENDE………………